DISCLAIMER

The author and publisher are providing this book and its contents on an "as is" basis and make no representations or warranties of any kind with respect to this book or its contents. The author and publisher disclaim all such representations and warranties, including but not limited to warranties of merchantability. In addition, the author and publisher do not represent or warrant that the information accessible via this book is accurate, complete, or current.

Except as specifically stated in this book, neither the author nor publisher, nor any authors, contributors, or other representatives will be liable for damages arising out of or in connection with the use of this book. This is a comprehensive limitation of liability that applies to all damages of any kind, including (without limitation) compensatory; direct, indirect, or consequential damages; loss of data, income, or profit; loss of or damage to property; and claims of third parties.

If you loved this book please let us know posting a review!

Puzzle 1

プまカど愛シ大胆なビ選芸ス無向
レマネージャ意ルッ投レ認める
ゼウしカド所ヌウ百トク再ひ芸京
ヒンぼヱワホ登宣トエアーヌ百べ
ント本本くコウじ言ルシ能話百乏室ぎ
も弱も権辞被ソフっせ投ひ権ビ妊加
方謝罪のツ害ァつむしょ投弱報ルコ化ド
き意る歩囚者ーせ写弱読ルコぎょ圧ト
登ぽ無話ボロ通選しむぼコぎん暫ク
まん弱応応肖百ヌジっブルん圧辞暫ぼ
ん出サ砂応ょク像ベムタブ側ょ結報ま
出ひスもヱ囚場報画だ画報サ暫ノぼ
ひハヱ安会れラ乏ろ無ろ選結ノま

ソファー	シャウト
認める	被害者
カワウソ	エアー
マネージャ	シンプル
ビット	カード
ビルド	プレゼント
ベジタブル	謝罪の
大胆な	クレス
マウス	宣言に
ボロー	肖像画

Puzzle 2

```
ま 海 ろ な ペ イ ン ト ブ ラ シ ン ル ー シ
さ 何 単 を 除 い て ヒ つ 百 さ コ ニ 弱 ャ
よ 簡 金 一 お 解 精 チ せ 者 ニ ー 報 ソ プ
な ク ラ ブ の 私 私 患 た ャ ナ 再 嶋 ー な
ら ツ ン ク ト 応 辞 っ ジ じ ー む サ 乏 写
合 き チ ソ 会 き ま 引 芸 登 砂 話 乏 べ 能
ス 退 安 開 ち 能 し 狙 ど れ 報 読 結 出 報
コ ー ヒ ー ょ 画 引 写 故 し 圧 ソ ん ぐ 妊
多 応 レ ま っ 採 エ 張 テ 嶋 テ コ も 場 歩
摘 ト 開 な と 用 ン ら ぐ 覧 ト き 妊 歩 モ
チ ふ に し ト の タ 読 退 き ヌ ざ
キ 空 で リ フ ァ ー ム 覧 ざ コ ル 投 歩 モ
ン 弱 能 百 土 曜 日 解 本 論 囚 社 ま ぎ で
```

クラブの	採用の
ちょっと	空になってしまった
エンター	患者さん
チキン	単一の
な簡単な	ランチ
コーヒー	さよなら
シャープな	ジャーニー
コーナー	を除いて
引っ張られ	土曜日
ファーム	ペイントブラシ

Puzzle 3

```
も 百 重 言 私 ク ひ む 承 じ 応 ド テ っ ロ
彼 ら は っ チ 精 ド コ 認 ド ア を ク を ビ ン
ス 百 リ て 愛 開 ぐ 会 す 囚 覧 ょ 場 ル ン
ネ 重 辞 い 読 報 お 報 る 覧 ま 向 ソ ド ス
イ ん 能 ま 加 セ ク シ ベ ン プ ン ふ プ は
バ 通 弱 す 歩 画 ス モ ラ ハ ナ ビ ま ジ タ
ー む テ い ツ ス 狙 ニ ン 意 の 向 ュ
ズ ぎ て 説 明 明 し 任 読 だ 能 私 だ ー
故 っ そ れ ぞ ド 重 だ だ 能 重 摘 ス
座 解 覧 ホ く れ は っ 開 ド オ ト
る エ く 摘 ラ だ チ れ ク ド フ ァ
育 応 百 方 リ き 体 ホ む 芸 っ ラ ー
嶋 れ 本 故 て 進 再 嶋 て 所 本 結 ょ 室
```

ジュース　　　　　　セクション
承認する　　　　　　ハンドルを
また、　　　　　　　説明説明し
ドアを　　　　　　　座っている
データ　　　　　　　自体は
それぞれ　　　　　　ネイバーズ
言っています　　　　彼らは
ロビンスは、　　　　ナビゲート
任意の　　　　　　　、数が
オファー　　　　　　ランプ

Puzzle 4

場	チ	リ	ー	ガ	ル	ス	向	識	ゅ	チ	覧	然	妊	ぐ
歩	ェ	妊	ス	私	ワ	ポ	っ	別	ヒ	っ	進	弱	海	ノ
妊	イ	ン	サ	イ	ド	ー	ょ	す	投	話	し	合	う	ッ
芸	ス	ひ	所	出	嶋	ッ	ド	る	乏	ク	摘	能	愛	こ
ホ	ス	ク	然	開	摘	す	を	私	ハ	辞	妊	選	育	れ
っ	ふ	パ	ス	場	せ	定	重	私	ィ	ド	チ	ゴ	ど	ら
ア	ク	タ	ー	決	祖	父	は	テ	イ	チ	ゴ	登	ち	の
し	る	ト	ニ	何	ウ	ォ	ン	レ	っ	ふ	京	重	ら	る
チ	だ	つ	結	エ	ル	ホ	レ	暫	会	ゃ	リ	登	か	ク
覧	モ	愛	応	コ	ラ	プ	ェ	出	暫	退	重	京	む	ょ
論	京	権	ホ	方	エ	ー	だ	ょ	安	状	登	本	む	合
ク	読	じ	写	意	再	ぐ	社	安	ぼ	況	京	選	む	ひ
使	い	捨	て	応	再	ほ	う	れ	ん	草	の	選	ま	能

ほうれん草の	スポーツ
プレンティ	ワードを
どちらか	祖父は
スパークル	イチゴ
リーガル	ウォン
決定する	インサイド
使い捨て	識別する
チェイス	エラー
話し合う	これらの
アクター	状況の

Puzzle 5

```
ソ ろ 応 進 ン 減 少 を ツ 辞 ル 報 ひ ミ 意
ク れ ぽ ジ 写 べ 解 ル 通 の ょ れ カ つ 京
ル 芸 ガ ろ 能 愛 ボ コ く ア 母 オ ブ ジ ェ
結 マ 芸 嶋 ゃ ノ ラ ら 進 ヒ 親 や や 会 リ
そ ド 覧 モ 可 砂 そ ま や ル プ イ マ 嶋 お
の ス コ ア 能 お ツ 能 ヱ の シ ョ ニ 育 ま
も よ り 少 な い ひ 誰 ど 京 ン マ ス タ ー
の 社 ス 側 し だ 本 か ぎ カ 方 圧 タ 百 は
ひ 乏 百 投 ひ 所 結 の 妊 ぎ ざ 多 多 合 ほ
エ て 側 側 ゃ 方 ざ 妊 加 進 も 登 ウ ア と
場 応 ひ ゃ ハ ざ ど 狙 進 辞 し ウ カ 故 ん
ゅ せ 会 開 チ ク 砂 妊 テ ン 重 カ ど カ ど
ラ 室 論 通 論 ぎ ア セ ン ブ リ 重 カ 故 ど
```

おそらく	減少を
はほとんど	誰かの
より少ない	マスター
の母親	ラスト
アセンブリ	ウェア
ボルツ	オオカミ
マガジン	可能な
オブジェ	そのもの
オプション	アヒルの子
プライマリ	スコア

Puzzle 6

```
応 る 応 海 ハ グ レ ー ド 本 嶋 ア 出 写 カ
ツ 能 狙 む 報 嶋 ー ク 加 育 ヌ 意 話 べ 出
む ダ イ ジ ェ ス ト と リ じ 妊 ー ハ ベ 囚
画 場 京 だ 忘 モ こ リ レ 重 テ ス ベ 画 進
フ ェ ル ト れ い ん 選 べ 多 ィ フ 画 側 囚
じ 合 然 む た セ テ ふ ル ふ ー ノ れ ん 権
愛 応 ん が も 砂 二 写 能 モ 暫 サ ン ム プ
写 あ つ 複 チ 合 私 意 味 だ 論 ン プ ー ル
ど い ニ ュ ー ス 金 登 合 タ 論 解 通 育 ビ 社
リ ア ラ イ ズ の モ て ビ 側 論 通 出 レ ー 妊
ゅ 芸 意 コ ハ 開 ぎ 何 の 海 解 社 育 登 ぎ 歩
れ 故 ぽ ヌ レ ジ ス ト の じ 芸 登 つ 嶋 砂
```

ありがたいこと	レジストの
レクリエー	ムービー
ダイジェスト	レベル
ハーフ	無意味
アーティス	レート
フェルト	ビタミン
リアライズの	ニュース
プール	複雑な
いつでも	忘れた
グレード	サンプ

Puzzle 7

ス	室	ホ	カ	読	て	成	ブ	ん	べ	ろ	ぎ	く	で	ん
ニ	芸	平	妊	百	参	照	し	ラ	プ	ラ	ン	ト	さ	摘
テ	っ	野	兵	士	の	登	愛	遂	ザ	圧	退	じ	故	解
同	一	の	で	室	働	く	こ	と	げ	ー	お	や	ぼ	だ
ト	芸	ホ	カ	投	ス	ニ	フ	投	コ	る	ゅ	ラ	所	開
金	曜	日	サ	弱	ふ	タ	ん	故	だ	の	高	コ	ぽ	退
楽	し	む	精	場	ト	ゲ	ー	背	の	多	合	セ	嶋	リ
っ	応	応	セ	ま	ざ	辞	ー	れ	テ	ふ	ぽ	チ	加	何
ぼ	サ	ひ	進	ぽ	ヌ	側	ぽ	ム	に	ぷ	っ	ャ	む	嶋
ニ	ひ	加	応	覧	ぐ	安	コ	キ	弱	れ	プ	ひ	ソ	ホ
加	権	狙	本	ま	場	登	し	ン	グ	ょ	タ	エ	ホ	摘
ヌ	お	ト	精	室	側	全	だ	ゅ	ー	を	覧	ー	を	加
壊	れ	ま	す	ぎ	写	は	じ	ト	場	所	ク	覧	加	

楽しむ	ゲームに
セロリ	安全は
スタート	成し遂げる
同一の	兵士の
チャプターを	背の高い
金曜日	キング
プラント	ブラザー
参照し	壊れます
働くこと	おじさん
平野の	スニフ

Puzzle 8

```
ま れ 意 合 は 合 場 ハ サ ミ を 愛 せ 安 写
私 登 ゃ 信 報 重 私 ウ ノ 開 マ モ ひ 方 精
ろ ふ 送 精 ぎ 読 ダ ス ト 精 読 出 せ 通 所
申 し 訳 あ り ま せ ん が 通 貧 愚 か 弱 弱
ト ウ モ ロ コ シ チ 通 精 合 テ ン い ヌ ス
開 モ 妊 ぼ カ 百 ド ウ せ エ ン リ ひ 写 な
そ れ か ら 芸 場 ウ ホ ダ イ ブ も 覧 報 き
側 所 画 ヒ 会 ま ヒ 暫 ー テ ル 権 民 金 せ
本 方 ト ゅ 意 っ 重 芸 安 ル 性 の 何 重 ル
圧 再 摘 画 論 ノ 海 ニ ィ ブ 安 二 ぎ ホ 育
レ オ パ ー ド 重 海 選 一 話 女 、 ニ ク ス
ク レ ー ド ル ふ 会 や 社 女 の 急 速 に 圧
海 せ 開 ボ リ ュ ー ム の カ メ ラ ヱ ざ 圧
```

の女性　　　　　　　　　クレードル
貧しい　　　　　　　　　レオパード
ダスト　　　　　　　　　ダーティー
民主的な　　　　　　　　申し訳ありませんが
それから　　　　　　　　、急速に
ハウス　　　　　　　　　トウモロコシ
ウールの　　　　　　　　ハサミを
送信は　　　　　　　　　カメラ
マウンテン　　　　　　　エイブル
愚かな　　　　　　　　　ボリューム

Puzzle 9

```
登 化 ひ 多 加 読 退 乏 意 側 ト 化 日 進 相
無 っ サ イ ド 暫 私 ろ レ 弱 む 生 選 ス 互
フ ラ ワ ー ト ト 故 歩 カ セ 誕 ぎ ツ む 作
れ オ コ 金 ン ソ ラ ヒ 明 ク ぎ フ ベ 芸 用
所 レ ン ガ ン ダ ー エ る ラ 所 レ 本 む 百
側 合 辞 ド カ イ ト ク い 向 チ ッ 暫 ス ト
接 着 剤 だ リ ピ ー ト 砂 無 ド シ も る 阪
ぼ ひ ク 結 し ル プ レ 応 ン 所 ュ 砂 て 登
ス キ ー 解 ヒ ぼ リ セ カ ス て お し き 無
エ ツ む ア 報 き ズ レ 室 進 ま お 開 阪 摘
ぼ ネ べ 登 ス む ン 無 だ ひ 精 っ 解 ボ 愛
で 読 側 ト ラ ブ ル 支 配 的 な だ 投 ト 阪
無 ぽ ソ 向 ク 開 室 弱 何 化 ぎ れ 狙 ム ぎ
```

レコード	相互作用
明るい	カイト
フレッシュ	ガンダー
フラワー	誕生日
プリズン	接着剤
トラブル	キツネ
ボトム	支配的な
リピート	オンドリ
アヒル	サイド
セカンド	スキー

Puzzle 10

```
の 検 索 を 然 だ ク 退 待 ラ 意 い ラ ソ サ
べ っ ヒ 応 避 ク リ 場 ひ く き も リ し 重
ん っ 所 ク け ラ 応 っ 情 け な い 向 ル ハ
育 っ サ 海 る エ ソ て 私 室 り 場 ノ ラ ク
カ ヌ 向 ト 投 開 合 ウ 権 多 ブ 本 セ ッ ニ
テ ヒ 画 画 ぎ ヒ 無 リ 私 百 リ じ ト じ 多
ゴ 然 ル 側 嶋 ょ 結 ド 写 看 師 ベ イ は ろ
リ ケ 毎 年 恒 例 の ぐ 何 護 ベ に じ さ 育
ニ だ ア 阪 選 進 も く 百 ディ ぎ べ は み ト
合 で 写 レ 圧 ろ 向 ま 所 化 際 ど さ 乏 本
開 ツ し 所 ス ン も ひ ラ 実 歩 ど の 画 百
手 ブ レ 場 イ 画 愛 き コ 化 暫 の 画 み 加
場 意 モ ナ 場 ぎ 使 命 は 、 ベ こ の 画 乏
```

いきなり
を避け
手ブレ
ディベイト
待って！
クラウド
看護師
ナイン
、この
実際には

使命は、
避ける
トラスト
の検索を
カテゴリ
情けない
毎年恒例の
はさみ
ブラック
ケアレス

Puzzle 11

じ	摘	歩	室	れ	臆	ひ	狙	感	謝	の	ひ	論	嶋
ょ	れ	合	出	退	病	に	ん	意	無	卜	庭	ヱ	る
記	事	を	ぎ	嶋	な	ひ	意	多	愛	の	の	の	歩
や	テ	コ	ご	紹	ど	ゅ	関	し	暫	側	叔	開	暫
私	ヌ	チ	砂	デ	ょ	ロ	べ	妊	て	報	父	無	ル
っ	エ	退	カ	ウ	ィ	安	ー	能	の	ア	は	ホ	リ
ょ	ベ	キ	キ	ォ	く	ホ	や	お	両	ド	覧	ぽ	ひ
育	精	ャ	ャ	プ	ル	せ	テ	弱	方	バ	ぐ	阪	弱
お	意	ヱ	ッ	ル	ホ	む	お	方	が	イ	暫	読	摘
菓	セ	無	ト	愛	芸	も	故	代	代	ス	モ	投	し
子	ル	ひ	キ	摘	論	芸	二	る	替	を	セ	妊	ぐ
を	ぎ	進	ン	報	リ	単	芸	会	モ	リ	ラ	ソ	選
ツ	レ	マ	ー	写	ド	単	な	く	化	報	開	ツ	ホ

キャップ
記事を
マーケット
ウォッチ
キャットキン
アドバイス
パセリ
の庭の
の両方が
ムカデ

お菓子を
に関しては
臆病な
感謝の
叔父は
リード
代替を
ウィロー
ご紹介
単なる

Puzzle 12

暫 何 伝 ヌ ヌ 困 吸 タ ょ く ヒ 重 タ フ ん
ト 多 会 統 投 難 血 レ モ ン 会 意 ー ラ じ
退 合 一 般 的 な 鬼 ン 弱 芸 ソ ン 囚 イ 会
ク リ ア 二 つ 再 の ト 子 辞 ヌ ー ハ ン 圧
れ タ 向 阪 再 チ ル 子 権 供 タ ぐ く グ 向
せ ー 精 愛 ッ ケ 登 ニ ク を 応 ヲ 話 ノ 海
エ ン ゃ イ ス ク 少 ク 辞 社 ヱ い す 能 ク
通 私 ド 阪 側 私 数 ス ト 行 い ふ 合 す 合
だ ン 能 場 本 テ 派 然 何 ト ヌ 私 テ ヱ ひ
サ ゃ 場 海 選 カ レ ッ ジ 運 ば だ 登 登 し
化 臆 病 者 嶋 ル ま 芸 ぽ 京 れ 育 ど 嶋 ょ
チ ひ じ ベ 精 ル 選 投 応 っ し る 投 リ 百
歩 弱 嶋 ヱ 読 解 ざ 京 っ し る 育 投 百 百

一般的な	行います
ターン	子供を
運ばれる	サンドイッチ
トップ	レモン
吸血鬼の	伝統的な
スクーター	困難な
少数派	クリア
リターン	スケルトン
カレッジ	フライング
タレント	臆病者

Puzzle 13

暫 精 報 ク ヱ ル だ 一 歩 ん っ で ゴ ベ ト
だ 多 ネ ノ 退 歩 タ 息 を す る は ム ツ ぼ
ま 安 ク ぽ 合 一 っ 測 能 出 ン が を し ト
で ド タ 安 ォ ぎ 推 レ グ リ 室 っ 海 読 ぼ
向 ル イ ク 能 無 嶋 ッ キ 増 ひ か 重 き ま
プ ラ ス チ ッ ク ビ ド ニ 加 育 り 量 ニ 通
ラ ハ る し 権 話 思 室 し を り 暫 写 を 正
ウ 安 合 再 辞 ク い や も む 退 写 レ む せ 確
ド む ギ 意 二 何 出 ふ モ 砂 論 一 る 応 な
能 意 ャ 権 理 解 す る セ 多 ュ ぼ リ ル 化
投 お ロ だ 本 ろ ヱ さ ん ビ コ や ろ ぎ 辞
ざ コ ッ ト ン 妊 ツ と ト 芸 故 チ 摘 解 向
能 で プ セ ク 登 化 場 ゅ 弱 海 妊 れ 結 退

クォーター	理解する
がっかり	ビッグ
キリンは	ビュー
ギャロップ	推測を
プラウド	重量を量る
思い出す	レッド
コットン	増加を
プラスチック	ネクタイ
ふるさと	正確な
息をする	ゴムを

Puzzle 14

阪	つ	中	止	を	に	マ	の	話	楕	ア	振	フ	ざ	き
ホ	ー	ム	要	辞	出	行	ッ	再	円	タ	る	ィ	進	加
は	ひ	ひ	求	ぎ	銀	金	ク	チ	形	ッ	舞	ッ	ひ	リ
応	い	然	す	し	本	ッ	妊	ニ	の	ク	い	シ	方	安
つ	ひ	、	る	リ	ス	ジ	オ	ケ	い	ト	ュ	出	側	ぼ
ラ	家	ニ	チ	テ	カ	オ	ヤ	マ	ネ	コ	写	ニ	方	故
ぽ	具	ニ	ン	ー	一	緒	に	を	パ	カ	る	ニ	開	読
故	の	ガ	ォ	妊	ズ	ツ	で	ざ	ー	お	せ	弱	歩	ラ
開	ギ	フ	リ	ー	ズ	。	合	阪	ド	せ	愛	阪	写	写
ぎ	投	お	サ	セ	ク	再	ろ	や	ン	再	結	砂	解	海
ホ	ょ	借	重	ま	や	ハ	て	む	ク	む	べ	側	サ	覧
サ	セ	り	ド	む	シ	ャ	ン	プ	ー	狙	退	会	読	画
写	や	る	ぼ	登	摘	進	ょ	阪	選	ょ	せ	ツ	ツ	チ

フィッシュ
シャンプー
ジャケット
はい、チーズ。
ギガンティック
家具の
振る舞い
楕円形の
一緒にを
フリーズ

ホーム
フォーカス
アタック
銀行の
要求する
中止をに
オオヤマネコ
マッチの
借りる
パードン

Puzzle 15

```
ニ つ 砂 見 故 去 ハ だ 方 モ る ト リ 応 ま
く て だ 応 っ る ふ カ 応 や ケ 方 キ 愛 ニ 安
ろ ド 社 か 、 プ こ 応 と ロ 会 カ 愛 ぽ ソ ょ
科 学 者 っ 意 ッ さ 保 証 ぐ ー カ 場 む ヒ む
ク 投 ノ た ホ 多 き ま ざ す ひ れ 愛 頻 べ 多
っ コ 登 多 ヌ ヒ ト ざ 出 写 ま る 合 繁 場 ゅ
重 ン 京 コ デ ー ン 権 通 結 な 弱 に 急 ぎ 加
く パ 登 解 ン テ レ 証 出 写 る 向 選 リ げ 摘
む ニ カ 室 ジ レ ト 結 ラ 読 ガ ソ ン ！ ふ
レ オ だ レ ャ じ 適 だ ヱ ヌ 阪 出 芸
ナ ン バ ー ラ モ 切 嶋 ヱ ナ ！ 加
歩 て 開 ニ ス 小 な ヱ ヌ パ イ ナ ッ プ ル ふ
育 ぎ ゅ せ 解 館 ひ だ ト 解 ヌ 所 加 暫 芸
```

ガソリン	、さまざまな
去ること	保証する
コンパニオン	パイナップル
適切な	リーク
小学館	急げ！
レジデント	デンジャラス
ヒート	見つかった
ナンバー	科学者
ホップ	カップケーキ
ローカル	頻繁に

Puzzle 16

ト	て	ト	く	繰	動	解	セ	ひ	カ	通	も	ま	ペ	ソ
進	じ	条	約	の	機	解	ノ	ス	常	ゴ	ー	ル	ひ	ド
レ	歩	ぎ	や	登	返	付	多	タ	は	ク	フ	レ	ェ	嶋
モ	選	応	辞	結	て	し	け	ム	投	ス	ク	リ	ラ	テ
ネ	待	芸	覧	結	論	ゃ	進	ぎ	や	イ	リ	エ	論	ル
ー	機	ゃ	っ	ソ	た	が	て	ス	タ	ッ	エ	シ	れ	摘
ド	を	だ	だ	ト	意	フ	応	出	コ	チ	ー	ョ	ド	育
本	ロ	維	持	す	る	ァ	ひ	ク	だ	ュ	シ	ン	せ	暫
ヌ	テ	ッ	意	ラ	化	ク	全	圧	ジ	コ	ョ	読	ょ	囚
ホ	何	故	プ	弱	社	ト	体	ぼ	っ	ニ	ン	や	っ	阪
も	然	ス	登	を	辞	圧	で	覧	ト	弱	ブ	何	二	能
愛	社	ろ	能	通	ざ	ぽ	再	ぎ	向	だ	の			解
レ	て	ぽ	然	退	っ	能	ぎ	合	サ	や	ニ			

チューブの 　　　　維持する
レクリエーション 　通常は
したがって 　　　　スイーツ
繰り返し 　　　　　ドロップを
ファクト 　　　　　カスタム
全体で 　　　　　　待機を
フェル 　　　　　　スレッジ
条約の 　　　　　　ゴールド
動機付け 　　　　　クーペ
レモネード 　　　　スター

Puzzle 17

```
て 化 何 ク だ ビ 挿 入 し べ ぐ 覧 読 金 ポ
所 る ッ 然 ヒ ヨ 芸 別 多 ハ 重 通 芸 画 ス
ラ ョ セ 妊 ル ン 識 シ ャ ド ニ 狙 覧 む ト
シ 連 話 結 ー ド 圧 私 リ 通 ざ 覧 論 論 解
ょ サ 邦 ゅ ス 焦 点 は ヒ 金 コ ン ト ラ ス
ふ ひ 覧 政 ん ニ 芸 行 壊 サ ズ ト つ る サ
目 が 覚 め 歩 術 動 れ プ セ は な ニ 私 べ
リ 開 ゃ ぐ の の を た ラ 精 に が 狙 私 き
チ だ 合 ヒ 投 故 行 し イ 登 所 ド ひ ヒ 暫
報 会 覧 京 む ゅ っ 動 お 話 再 お や モ 精
ょ 読 ん ゃ 能 ゃ を 方 ス 場 ハ だ 無 ょ 加
登 弱 キ ノ 狙 だ 応 向 ハ れ だ ラ 能 ニ お
ま 私 ピ ン ク 応 妊 ひ 乏 お 登 ラ ょ ホ お
```

目が覚め	行動を行動を
つながり	焦点は
識別し	挿入し
連邦政府の	サプライ
壊れた	ショック
芸術の	ルース
ピンク	になる
ビヨンド	キノコ
ポスト	シリーズは
シャドウ	コントラス

Puzzle 18

ま 嶋 囚 く 向 の ス 世 ふ ラ ケ カ ひ 言 ぽ
出 ク 弱 き 親 ひ 化 紀 ょ し ー ラ ヱ 語 ト
だ 辞 何 両 っ ロ 所 を 然 合 ジ ー 弱 の ざ
や 何 り を ラ ト ー テ ぎ ヌ 報 ょ ニ む お
ぎ も 業 ト 阪 ト 囚 辞 い 妊 投 精 精 ひ い
つ 偉 砂 ピ む 乏 ソ 応 し 進 ヒ 投 ゅ 合 し
コ 出 れ ッ 化 分 ド 悲 ぐ 金 向 ド じ ソ い
精 ゴ 退 ク ト か 合 手 砂 ニ 本 や ホ 再 重
金 ブ テ ス 重 っ ぐ 続 せ じ リ ひ ツ サ 投
場 リ ヌ 要 た ビ き 安 ぐ 家 テ 育 海 ハ
場 ン 丁 寧 な 。 ー 選 開 カ 賃 辞 場 ざ 私
コ 場 嶋 ツ 再 ル 金 ふ カ を で だ ゃ ふ
精 ド 側 精 精 砂 ス ヱ 登 登 を 写 多 向

言語の	世紀を
ゴブリン	家賃を
悲しい	つもり
トピックス	おいしい
丁寧な	ロット
両親の	ラッキー
重要な	カラー
偉業を	コンテスト
手続き	ケージ
ビール	分かった。

Puzzle 19

```
ク 覧 能 圧 側 登 ブ 退 セ ハ カ 加 百 ラ レ
サ ゃ 精 レ ハ ラ 愛 権 キ 応 バ 私 合 ブ 通
ひ 進 百 バ ブ 乏 辞 摘 ュ リ ダ 合 リ 多 弱
会 投 ス ラ レ こ れ ら リ べ ー た ふ ー 開
ぎ ス ペ ヌ 囚 ン ま 何 テ ひ ど っ る 室 ハ
ミ ラ ー 進 登 タ タ ポ ィ む ら 暫 ぽ に バ
ア る ス ど 故 ぽ ッ イ に だ 、 後 に 能 ン
プ ラ を 弱 シ シ チ ン 狙 対 可 応 話 金 パ
ロ ド オ ブ ジ ェ ン ク ま 金 読 解 向 ベ イ
ー き っ む ェ タ ク 画 ゃ 無 話 化 読 ぽ ア
チ ノ ニ 合 ク ッ ト 方 ス ま ぽ き 向 阪 ト
摘 室 故 ヲ ホ 権 報 私 多 ヌ き も 阪 応 結
海 ヒ 報 投 海 阪 エ て 二 登 会 チ 退 ぐ
```

タッチ　　　　　　　　セキュリティに
バレンタイン　　　　　アプローチ
バンパイア　　　　　　だった
ラブリー　　　　　　　ラブ-ラブ
リーダー　　　　　　　オウム
見られる　　　　　　　スペースを
これら　　　　　　　　カバー
オブジェクト　　　　　ポイント
ミラー　　　　　　　　シェル
対応可能　　　　　　　、後に

Puzzle 20

```
送 本 嶋 覧 お チ 話 室 場 で 怒 病 ハ ク む 投
ょ 信 カ 囚 母 ニ 圧 合 ト 愛 っ 気 ス 覧 意 ょ
ド 魅 済 愛 さ つ カ 私 ま 金 て は ー 化 暫 れ
ト 力 砂 み ん 再 故 ノ ひ い ど 所 阪 私 ー ぎ
ざ 的 登 だ ハ リ 育 ン で る 一 覧 投 応 関 ゃ
っ な 再 出 イ 故 圧 暫 ト ミ 芸 報 応 与 側 摘 弱
開 ヱ エ 京 海 ラ 精 然 ー ひ 覧 ハ 関 す ゅ ソ
ラ イ ブ リ ざ 投 選 ど き リ よ 報 与 る フ ン
ツ 開 話 妊 ぎ 覧 と ア ょ 覧 ン に き る ァ グ
ま 落 も う ち ょ 。 ヱ 合 覧 き ー ょ ン ド 化
進 ち ア イ ラ ン ド 故 同 様 の 会 る グ
ニ た か っ た ダ ン ス の 合 同 様 の
っ ソ 能 ト む ひ だ ス と 同 様
```

送信済み　　　　　　落ちた
トーキング　　　　　と同様の
ソング　　　　　　　ライブラリ
お母さん　　　　　　関与する
たかった　　　　　　魅力的な
カラント　　　　　　による
ファンド　　　　　　アイランド
病気は　　　　　　　怒っている
もうちょっと。　　　ダンスの
アーミー　　　　　　ハイライト

Puzzle 21

嶋	ぐ	育	ク	論	ジ	て	コ	コ	育	安	ト	論	コ	ス
も	海	囚	芸	り	ェ	化	芸	読	ぽ	摘	応	ひ	ミ	ノ
社	れ	コ	わ	ネ	れ	意	話	ゃ	サ	ヌ	ぐ	ッ	ー
お	く	ま	キ	ラ	ク	タ	嶋	側	む	ヌ	ノ	ト	ド
弱	ひ	ヌ	故	ヌ	シ	ど	報	ハ	セ	し	愛	端	ひ	ロ
似	つ	覧	ト	テ	エ	き	し	し	ー	ひ	リ	向	ン	ッ
た	定	愛	応	き	ィ	マ	ー	カ	ー	両	リ	化	ト	プ
よ	義	多	能	海	ト	登	古	代	の	セ	ー	ニ	ッ	に
う	し	応	的	閉	ハ	チ	れ	ん	ノ	ン	ス	選	キ	意
な	ニ	法	テ	じ	辞	イ	結	出	ま	タ	マ	ャ	権
覧	、	無	芸	込	金	通	ウ	ヒ	ュ	ー	マ	ン	ベ	ヒ
プ	レ	ス	写	め	ひ	摘	ひ	ェ	パ	は	ト	然	ツ	嶋
何	許	可	する	方	画	ぽ	ん	イ	ホ	投	ひ	ヌ	よ	

キャベツ
キャラクタ
スノードロップに
パースニップ
閉じ込める
ジェネラシティ
プレス
センターは
定義し
ハイウェイ

ヒューマン
マーカー
古代の
ひまわり
の両端
、法的
許可する
コミットメント
似たような
リリース

Puzzle 22

```
証 無 会 社 側 ウ ス ト 式 ト ラ ベ ル に 持
明 ガ ラ ス ニ ー ト 婚 安 然 報 ひ ら ト ち
す ゅ ぐ テ ケ マ 結 ト 会 べ ぽ さ ー 許 込
る ヌ 解 ン ア ン テ ィ ー ク が ガ 社 可 ん
ひ 歩 お ト ス 砂 会 ツ ぎ チ ン 投 な の だ
ひ リ 会 ウ サ 故 っ ニ ィ フ 壮 最 暫 す 出
乏 だ 化 ム レ ソ ク フ 場 何 大 育 育 る ヌ
コ 向 ひ シ ッ ク ス セ ヒ 覧 登 の 読 む 砂
悲 惨 な は ニ ツ ド 側 阪 愛 百 暫 御 モ 化
で 場 ょ 加 ラ ド フ 安 投 話 安 育 阪 馳 で
れ モ 何 ソ フ 囚 泳 を 金 安 む 読 ヒ ぽ ゅ
ル 論 読 ヌ ソ 囚 水 退 安 安 再 御 馳 ホ を
論 育 写 会 く 水 だ 所 権 ひ 再 阪 開 ホ 出
ざ じ 写 会 く 水 だ 所 権 ひ 再 何 ホ ぽ 囚
```

持ち込んだ	最大の
ソファ	アンティークが
シックス	テントウムシは
ニート	結婚式
ウーマン	フィンガー
トラベル	壮大な
さらに	ガラス
水泳を	証明する
許可のする	ケース
御馳走を	悲惨な

Puzzle 23

```
あ ま り に も ぐ 精 安 ま 乏 報 フ 再 ふ よ
ざ き ト 社 ゅ へ お 気 に 入 り ォ 利 ぎ ょ
ま ツ ラ ま ト ビ オ ー ダ ー ペ 用 会 ま
多 テ 開 ざ ぎ は バ ル コ ニ ー ル 可 読 ざ
失 望 し ま し た 社 場 だ リ ス ト 能 場 化
ひ ホ ネ や ソ も 再 べ べ ふ ニ 説 な 贅 て
選 キ ャ ッ チ 方 べ ズ 京 選 阪 明 る 沢 妊
で は な く ト だ ズ 私 カ せ す な ド
向 重 進 ヱ ヒ ニ 通 ク ド ゅ 渉 画 歩 で 私
貴 ヱ セ だ 覧 妊 室 ヌ 交 の む ぎ ダ
ニ 覧 ラ ニ 化 選 圧 百 笑 い ヌ お ソ ラ ス
終 わ り 然 ん る っ 所 合 再 登 読 レ
意 カ 精 コ 金 妊 写 摘 再 ふ 権 登 ふ 覧 画
```

笑いの　　　　　　ペース
貴重な　　　　　　お気に入り
キャッチ　　　　　ではなく
オーダー　　　　　ラズベリー
バルコニー　　　　フォールト
あまりにも　　　　ラクダ
終わり　　　　　　贅沢な
ネット　　　　　　交渉する
ヘビは　　　　　　説明する
失望しました　　　再利用可能な

Puzzle 24

```
向 っ ぐ け し む 解 場 ホ 合 育 テ ノ ー ト
話 セ ら ル オ だ ボ ア カ ナ リ ア マ 故 ゃ
ニ だ コ お レ 海 ト イ 洋 囚 シ ー ル の し
泥 精 何 安 ン ス ル テ 食 だ ァ 意 弱 登 れ
ヌ 論 加 百 ジ は ム 洋 フ 出 ニ ひ オ リ 能
投 所 ひ ン チ ぼ 登 ヌ シ ナ リ オ ヱ ノ ツ
出 く レ ー 百 茹 ハ ソ 狙 再 ひ 愛 覧 き 乏
会 ト バ ス 海 で 結 エ 阪 ぼ 場 ス 意 嶋
ス 応 ッ ケ 尋 る 、 マ ヒ 登 ル 狙 ホ ル 囚
カ ぼ グ ー ね ト 囚 場 マ ま 摘 無 弱 ぼ 意
ー く 芸 ト る 所 退 や ニ じ べ ニ マ
フ も 化 能 摘 し 摘 解 登 パ フ ォ ー マ ン ス
芸 多 私 再 れ サ 報 嶋 読 ツ 金 セ ス レ ょ
```

バーチャル	ファーマー
ボトルは	ベース
アイテム	尋ねる
ストレンジスト	茹でる
、マニュアル	スカーフ
パフォーマンス	スケート
ノート	オレンジ
バッグ	カナリア
シナリオ	泥だらけ
洋食-洋食	シールの

Puzzle 25

```
愛 む ふ 向 愛 論 ヌ ふ 退 囚 ト チ サ ル 加
む ノ レ ホ 会 せ 重 社 愛 奇 妙 な ー 芸 本
囚 加 何 ト 退 ん ぽ 会 歩 場 つ フ 読 写 チ
提 出 は 栄 び っ く り 、 ー る も ェ コ ヒ
ヌ 多 画 養 エ ニ 重 は タ 海 覧 摘 ス 方 話
重 場 金 素 辞 進 重 開 ぎ ひ 囚 ヒ ヒ 側 ん
歩 ざ ニ 辞 意 ク ラ 注 妊 サ サ 狙 場 応
メ 乏 ス 出 進 十 権 責 が 写 に 狙 対 お エ
イ し わ を フ ょ 年 任 れ 投 ざ 解 出
ク ン 方 然 狙 社 話 を た ざ だ チ プ
セ あ プ ト ク 通 も 負 セ ヱ し ャ タ 嶋
っ た ホ レ ッ 振 解 舞 う ッ チ プ 意
応 り ま ク ス 辞 る ぎ っ れ ト リ 意 意
```

セット
責任を負う
十年を
奇妙な
あたり
インプレス
パークは、
ファクター
サーフェス
振る舞う

栄養素
しわを
愛する
メイク
チャプター
に対する
提出は
びっくり
注がれた
パブリック

Puzzle 26

む 登 ホ だ ょ 望 暖 炉 が 報 ム ー ン く ラ
っ せ 意 加 っ 多 ん 乏 乏 ラ カ ァ 写 ニ イ
砂 レ ろ し ヌ 育 能 で 囚 イ ヴ 社 ノ モ オ
論 て 歩 室 ス 場 タ ぶ い ン じ 合 乏 ソ ン
場 ま 権 ぼ コ 権 フ 妊 ど る て ヌ ッ 側 退
私 無 私 悲 劇 的 な ょ 論 う い 能 ヒ ひ 多
リ メ 乏 モ や 福 登 応 覧 る ま ま し 再 ょ
ト ジ ラ で 嶋 ヌ ヌ 開 ゅ 囚 し ば し ば ひ
ル ャ 最 も 方 フ フ ス 話 た ば し ッ 愛 ッ
安 ー 風 ざ ソ ス ス ロ ー ス ー ー ト ト ー
べ お 合 れ ヒ 圧 ト ー ー ン ク ひ 愛 む ク
金 選 芸 呂 何 れ つ ア 京 く ー ク ひ 報 京
だ 話 芸 読 ト ツ 百 ヌ ャ 権 ン お ひ 砂 ろ
き 辞 歩 ふ コ 砂 然 ろ せ 芸 ふ コ お 然

メジャー	望んでいる
スロー	ムーン
お風呂	ていました
タフな	最も裕福な
しばしば	ライン
ストーン	リトル
トーク	悲劇的な
ファット	ヴァン
フロア	暖炉が
ライオン	ぶどう

Puzzle 27

```
方 ど 正 べ じ 開 ヒ レ 弱 ス 砂 て 覧 ろ 保
っ 権 式 ー セ 百 故 レ だ し 場 ま 方 テ 護
る バ に シ ホ 狙 セ を 出 コ ー 下 が 合 す
ノ レ は ッ 京 セ 安 お 進 ぶ ら 本 嶋 ど る
コ ン パ ク フ セ お 声 だ ス 本 パ 育 ゅ 保
リ タ カ だ フ チ 母 ス さ 三 百 イ ダ 護 る
ラ イ つ 阪 ォ ョ チ は ん 角 形 ミ 無 ル
ッ モ チ ベ ー シ ョ ン ジ ェ ク ト が る ー
ク リ ニ ル ム リ ジ ェ ク ト 重 育 カ ミ の
ス れ ブ ヱ イ ン テ リ 加 論 る 活 海 動 画
カ ヱ 投 結 ニ 加 論 る じ テ 京 弱 の っ
モ 嶋 ト 阪 側 結 れ ツ 摘 リ 本 場 解 だ 私
っ 芸 辞 無 通 金 向 論 ゅ 選 ぎ 能 所 カ
```

リジェクト	声を出して
インテリ	ベーシック
リラックス	お母さんが
活動の	保護する保護する
スパイダー	ブルーム
センセレス	ぶら下がる
フォーム	コヨーテ
ミール	バレンタイ
モチベーションは	コンパクト
正式には	三角形

Puzzle 28

本 ニ こ ス た ！ ゅ ク 午 場 ク を っ エ 加
忘 当 こ 意 よ く 愛 精 後 り セ 無 示 歩 テ
れ ぼ に 分 ひ ス さ 室 が は 、 囚 し 解 ド
る っ 十 ん 狙 カ こ 広 ホ 合 加 示 い ス 向
投 う だ て 弱 ト ん 罰 故 芸 新 し む ハ 芸
も 試 し だ み ろ サ 金 ヌ 笑 加 ぽ コ い 成
芸 金 を 側 ろ う む は 登 嶋 本 ン ヌ む 功
ヌ 出 ト 安 ハ 開 ん ひ エ リ 海 ペ む コ し
報 故 安 権 ム モ ク き ン グ 何 ッ 安 ヌ ま
ル 無 然 加 ス 報 ニ ニ グ ノ 覧 パ 方 む し
っ ぎ 写 ハ タ モ タ ャ 妊 だ る ー 辞 安 た
アー ト ハ ー 話 れ ウ れ む れ 投 ス 方 場
ニ 京 ぐ 写 て 場 室 海 ン 狙 ト 読 パ 辞 通

本当に	ここに
笑った	タウント
ハムスター	グリーン
ペッパー	アート
もう十分よ！	試してみる
示した	をだろう
成功しました	新しい
罰金は	忘れる
モーニング	たくさんの
午後は、	広がりを

Puzzle 29

```
つ 応 ス 登 モ ニ 砂 バ ト ソ ざ 向 育 愛 フ
玉 ね ぎ ル 選 圧 彼 ス 海 ま ぼ ま 重 ン ェ
阪 テ ぎ っ 挙 彼 ケ 社 覧 き ん ぎ っ サ ン
カ 狙 ニ 結 論 女 ッ 私 む 室 ハ も 結 イ ス
結 ろ 弱 論 さ の ト 天 権 チ ェ 再 ト ク テ
私 モ ド ど ざ ホ せ 使 ス 弱 ベ 読 サ リ イ
テ テ プ の で れ て の 摘 ド ゅ 合 イ ン 囚
ワ ー の な い ザ 進 い ノ ノ ヱ ハ ク 応 ま
ボ プ テ い テ ー 多 砂 る だ 多 報 リ む を
ル テ レ ニ 圧 タ カ つ 報 ざ 応 む ン 海 解
だ ル ト 選 レ ー ろ ょ ド セ セ 応 応 通 報
で む 離 き 多 ブ ふ 退 ト ベ ヒ セ 通 無 芸
ゅ き ス 重 安 結 加 だ 話 選 ヒ 海 無 ハ
```

チェックを	天使の
何もない	ボルト
リザーブ	モーテル
ワールド	されている
結論の	玉ねぎ
フェンス	サイクリン
彼女の	バスケット
離れる	モニター
ベルト	テープの
選挙の	ステイ

Puzzle 30

```
シ ャ ワ ー む 重 社 リ ゅ し ド 妊 結 ジ フ
ハ ベ 化 結 砂 せ 何 解 マ ワ ミ 多 ッ ょ リ
ー レ ふ 使 れ 嶋 で 加 ト イ ナ ヘ 重 ろ ー
ド 憎 然 投 用 記 事 の ざ ル ン カ 応 何 ダ
ひ し り 報 ょ さ せ 歩 安 ド ト 結 京 な ム
ど み ひ ょ 論 ホ れ テ 場 ざ ド 用 的 レ 暫
ニ の 海 ト し ダ 科 る ト リ 実 結 金 ス サ
や れ よ ヌ ひ ス 学 方 ロ せ き む 場 ト 通
む ツ 圧 う 合 テ 者 場 ピ ふ ア ロ 選 ラ 会
む ょ ぎ 社 に ィ は モ カ し 然 応 ー ン 京
ニ 金 も 無 再 る 、 論 ル き 会 オ フ で ド
オ オ ヤ マ ネ コ の 私 阪 カ オ フ ェ 安 方
乗 り 物 ス 故 阪 育 ぎ ャ ヌ 能 狙 ぐ ヌ ぎ
```

ダスティ	実用的な
使用される	オオヤマネコの
科学者は、	ハード
記事の	乗り物
どのように	ヘッジ
フリーダム	シャワー
アローン	トロピカル
レストラン	ドミナント
憎しみの	リマインド
ワイルド	オフェンド

Puzzle 31

阪 お 論 れ ミ ス グ リ ゴ ソ ヌ サ 何 ソ 合
レ っ チ ま 告 ド 芸 応 ブ 金 選 ブ ん だ 歩 う
妊 重 京 も 白 く ル ゃ リ 然 ス コ 論 テ れ ま く
か な り ツ に 許 ア レ の 砂 海 バ ン ど 進 会 阪 い
意 ま 覧 き 容 ル ン ぽ し ま ニ パ 芸 は 場 く
し 暫 覧 ー ち 摘 ゅ し 覧 ど の チ ク ト 化 る
コ ヌ 加 ル ニ 化 ど ニ コ ス ょ 場 も 安 起
ハ て だ ニ ャ 出 エ ト 私 孤 選 カ 画 ん こ
面 応 白 所 ュ 育 ー ジ 私 孤 独 愛 な ハ 写 ヱ る
ひ 白 じ エ ま ド リ ジ ェ ラ ン ッ ク 決 サ
私 ク だ ュ 。 然 ト 方 ン ク れ モ ト レ カ 私
ク ぎ 安 ド 登 砂 ェ ン ラ ド モ サ
ス い だ 合 登 方 ク イ ラ ック レ

起こる   トリート
孤独な   ライラック
面白い。   ミドル
アレンジ   サブコンパクト
エージェン   許容します
カットは、   うまくいく
決める   カニの
ゴブリンの   告白に
バッチ   スグリ
かなり   シール

Puzzle 32

```
実 ソ 応 覧 わ 写 レ も 所 然 し 食 ツ 側 れ
行 摘 読 ふ フ ク ロ ウ く 場 べ 権 ニ ー っ
し 意 わ サ ク ミ ク ス 能 金 て ド ッ ル ニ
て ふ 投 然 前 リ ー 番 目 の い さ リ ー 芸
い ニ ざ 寸 バ ノ レ 望 遠 に な せ 愛 登 登
る 本 滅 暫 ル で け 遠 鏡 結 い る 投 ひ ひ
有 絶 ラ ツ ー に 適 し 気 を 散 冷 い ラ 故
ホ 利 安 ョ ン 阪 合 る 開 き た セ ラ 開 場
画 エ な ぽ が っ す リ ろ 退 ふ も 開 ス 登
本 ひ ベ リ レ 求 辞 方 し 弱 通 れ ス 無 ぎ
て 育 権 向 追 暫 二 開 何 ヱ 多 京 京 嶋 覧
や 選 応 芸 き 然 ア 辞 ど ブ や べ べ 嶋 覧
```

バルーンが	に適し
ふわふわ	絶滅寸前
ドール	させる
ミックス	フクロウ
実行している	リバース
食べていない	望遠鏡に
助けて！	追求する
番目の	レース
アクティブ	冷たい
気を散らす	有利な

Puzzle 33

```
読 ト チ ソ っ ギ ゅ 金 解 ス っ ブ ょ セ セ ニ
方 重 ツ ー ル ャ ペ も ヱ 通 一 歩 故 っ ト 所
で ニ ク 登 進 ロ ッ 意 っ エ フ し 通 二 ぎ だ
ト 愛 と ヱ バ ッ は ウ 意 じ レ ク 化 ニ 通 嶋
何 ガ リ 言 ヒ プ 多 愛 ゃ 解 ひ 通 囚 ま ハ よ
画 再 リ ル う に 育 ト モ 意 ヌ む 室 む 京 場
多 ょ 二 ネ ま の ラ バ っ ヌ ひ 応 育 弱 出 で
れ 方 芸 イ ズ イ む ス イ カ 進 囚 中 ま 現 ょ
ル 開 砂 テ ミ ミ コ を カ ぼ 能 室 元 で し 退
話 加 ぎ ィ じ お ラ 滅 テ 辞 地 育 の ラ ま む
ろ て ド ブ 無 ク じ び ヱ 話 元 中 場 で す す
ハ ン 　 写 ク こ じ る チ く 人 本 す ら ま ク
バ タ ー す る こ と が で き ま す ク す
```

中でます　　　　　フィット
ウェーブ　　　　　バックは
ギャロップに　　　ペック
ツール　　　　　　トガリネズミ
と言うの　　　　　ミイラ
ネイティブ　　　　万人の
バスを　　　　　　出現します
地元の　　　　　　滅びる
バター　　　　　　することができます
ハンド　　　　　　スイカ

Puzzle 34

```
で し ヌ 失 礼 な ス ウ ェ ー デ ン 人 ニ ニ フ
決 芸 よ 阪 ょ げ ク 意 権 本 然 社 ど エ ル ド
し 論 で う わ ひ 金 登 ひ 再 歩 狙 だ ル フ 妊
て ク 私 レ と る 登 感 ど ぽ 意 ウ の コ む 読 私
せ 何 ド ラ ひ す 権 所 じ 圧 暫 海 だ ス を 方 た
ト ア 登 ジ 所 も 期 ゃ ノ 海 ジ ャ ー を 意 海 ち
ま 加 タ オ 最 大 き の ア エ ラ ー 室 せ 海 狙 の
ホ 退 イ だ 位 圧 や 話 ノ ン ジ 嶋 む を ひ
砂 ッ プ ス 置 ひ だ ょ ど 摘 ソ だ ゃ 狙 画 通
投 画 タ テ は む ま 結 妊 ル ウ だ ギ 砂 投
む 進 所 ー 、 で 私 ク 投 砂 ウ サ エ を り
ド 応 加 場 因 ク 応 話 退 ろ ク 無 だ 投
投 っ じ
```

タイプ   感じの
エンジェル   アドレス
ウサギを   失礼な
決して   スウェーデン人
しようとする   ラジオ
最も大きい   ウルフ
期間の   なげわ
私たちの   アジャスト
ホッター   エルフの
位置は、   エラーを

Puzzle 35

```
登 も ク 社 精 る に 金 だ レ ネ バ ド 意 チ
何 モ む ル ヌ 常 で ソ く 何 ク ナ ッ ヒ 劇
ト ラ ン ク 非 暫 芸 会 る 辞 タ ナ ト 重 的
プ ロ ミ ス ハ 何 加 だ つ ソ ー ダ セ 海 な
妊 乏 金 キ タ 再 圧 海 場 ー 進 ン ッ 辞 ま
重 退 ー 側 ニ ー ス 場 む 狙 砂 サ 妊 ざ ざ
く ケ ニ ヌ 乏 安 囚 方 精 さ さ ひ 精 く 重
ス 故 辞 ト 所 ょ 砂 側 愛 げ ひ ょ 無 べ 嶋
ど こ か で 飛 ば す ぞ ！ る 狙 歩 き 故 百
テ 現 在 の と こ ろ へ せ や レ く レ 覧 解
ホ ょ ニ 通 ソ ソ つ ル レ そ こ コ ド じ 辞
何 開 ト 何 ぎ 通 ま シ 写 ま っ の の に チ
モ ヒ ニ 乏 摘 選 妊 一 再 お こ と
```

ソーダ	現在のところ
飛ばすぞ！	レコードの
プロミス	ネクター
ニース	非常に
劇的な	サンセット
バナナ	歩くこと
ヒット	ケーキ
トランク	どこかで
そこに	モンスター
ヘルシー	ささげる

Puzzle 36

も	パ	ド	レ	相	手	の	阪	ル	エ	ラ	囚	抱	社	る
ろ	ラ	だ	悲	摘	ひ	退	何	重	ホ	ホ	や	き	投	覧
リ	グ	騎	開	し	せ	多	辞	ひ	ゃ	エ	芸	し	べ	二
ハ	ラ	リ	士	ル	い	っ	エ	ウ	摘	サ	場	め	本	知
画	ひ	自	タ	は	で	こ	ソ	ィ	跳	ッ	！	ら	も	っ
理	ダ	ホ	分	ウ	身	イ	と	ッ	サ	ト	ら	れ	フ	て
由	ヒ	無	多	自	べ	応	ス	シ	く	お	れ	ゃ	ィ	い
は	側	イ	ろ	ふ	ッ	読	ニ	ュ	生	ま	ふ	時	ギ	た
ひ	サ	ク	ジ	社	ク	を	せ	意	ヱ	ノ	ゃ	結	ュ	ヌ
乏	会	カ	チ	ェ	ス	ク	も	百	だ	ろ	一	応	ア	リ
多	も	フ	ォ	ッ	ト	だ	歯	科	医	一	時	本	止	室
歩	て	ォ	レ	ス	ト	も	社	嶋	ゃ	ヌ	結	停	暫	ド
芸	て	何	暫	通		つ	場	登	ま	ヌ	投	私	だ	

ワードリスト

悲しいこと	相手の
知っていた	ウェイ
パラグラフ	生まれ
騎士は	跳べ！
フィギュア	ウィッシュ
チェック	一時停止
抱きしめられた	フォレスト
歯科医	ダイジェス
ホタル	理由は
自分自身を	サット

Puzzle 37

暫 ヱ ん ル 読 や 圧 百 と 乏 動 く な ！ 聞
笑 っ て い い と も こ ぎ 普 再 う 進 ヒ か
エ フ ェ ク ト 向 な 応 通 よ だ 場 ヌ せ て
ょ 画 だ き 登 せ か ジ そ の 話 優 れ た 囚
洗 濯 物 投 幸 豊 し ェ ヌ そ だ フ ッ 開 し
嶋 圧 じ も 囚 解 セ ン キ ュ ー ォ ス ド っ
ひ る 最 室 リ セ ッ ト ル ヌ ピ ピ ニ ク ス
応 ポ レ キ ャ ッ プ ラ の お 登 ぎ 応 退 キ
摘 ぎ 重 妊 ぐ や や ン ん ン 摘 ま ヌ 向 ン
砂 応 力 与 え る リ ひ お ド 再 再 海 む ホ
ソ ニ 歩 じ っ 向 合 だ ぎ ン 進 投 べ 京 出 だ
イ ブ ニ ン グ リ っ ぎ ツ ぎ 投 べ だ 応 ゃ
ニ 海 報 だ だ つ 応 ト ひ ざ ツ じ 結 然

そのような	洗濯物
与える	ポレキャット
普通の	豊かな
笑っていいとも	聞かせて
エフェクト	リップ
フォックス	優れた
動くな！	セットの
イブニング	最も幸せなこと
ジェントル	キューピッド
プラン	スキン

Puzzle 38

```
続 け ま す 通 ょ ス ノ ー フ レ ー ク な ス
選 ど 権 多 暫 解 投 明 確 に す る 的 本 れ
覧 方 ト 無 進 る べ 通 向 近 解 速 せ ふ 画
登 テ 京 プ つ 登 ー エ か 迅 円 の ボ ボ 社
応 能 ニ ラ 阪 ぐ ざ 合 っ 形 速 ズ デ 育 場
驚 方 シ ス ー 応 だ 場 て の ト ひ ィ ン リ
摘 き レ タ ー だ 本 三 角 の ビ ノ も デ 多
ゅ モ の ワ ぎ 再 テ 暫 場 ト ュ ド ス 数
側 育 ま ソ ぎ 再 カ レ き 歩 ャ ど 話 派
歩 狙 き て ひ 室 ス イ タ 芸 妊 阪 ハ ニ
レ ぎ テ 室 む 報 ト ヴ ヒ 権 ぼ 登 辞 や
向 応 安 読 チ し ル ン 権 ざ 選 ニ ラ
囚 ろ ぽ 価 値 が あ る ざ レ 通
```

ズボン	ワーカー
三角形の	価値がある
ダンス	ボディ
テニス	スノーフレーク
多数派	円形の
明確にする	レイヴン
迅速な	シスター
インタビュ	続けます
プラスチッ	に向かって
驚きの	近代的な

Puzzle 39

の	ド	く	囚	会	ピ	て	テ	ぎ	陳	進	能	ヌ	辞	ス
ス	オ	ソ	場	ま	し	ー	結	ス	述	弱	意	ラ	無	っ
フ	ゴ	側	何	た	向	芸	ス	ぎ	書	感	動	を	ッ	嶋
ァ	ン	ホ	！	向	方	海	故	ょ	本	安	を	ビ	カ	安
ー	が	プ	レ	ン	砂	写	ア	濃	プ	ー	ぼ	も	や	私
社	ろ	レ	ン	タ	ラ	ニ	チ	縮	オ	レ	室	ょ	っ	ひ
愛	じ	セ	ー	シ	ぎ	投	物	や	退	室	っ	ト	ぐ	登
ノ	ひ	方	開	発	し	二	の	退	解	ト	嶋	多	暫	で
ス	タ	ハ	所	所	で	ぎ	愛	ふ	ふ	再	多	加	テ	ル
ツ	ベ	ッ	リ	ト	ろ	ゃ	最	む	再	ぎ	せ	再	プ	プ
マ	イ	金	フ	無	ま	ろ	育	べ	登	に	再	テ	ア	写
応	私	ン	ト	圧	い	ド	さ	応	て	ア	ッ	プ	砂	砂
ヒ	れ	ド	無	選	従	報	ヱ	室	ゃ	権	写	ル		

のオファー
ドレス
プレーン
プレート
オービット
マインド
フレンドリ
最後の
ピース
従いなさい

アップル
ドラゴンが
陳述書
センター
濃縮物の
感動を
また！
スタッフ
開発します
シニア

Puzzle 40

```
ド 加 写 を 無 通 ニ 芸 ス ゅ き 安 む き サ
画 ヌ ル ノ カ ル 報 ス ま テ 砂 解 ス　 歩
私 ト 積 極 的 乏 ニ ス 合 ラ 圧 ド ク ロ 場
ボ 占 め る な ゴ 加 テ ラ イ 向 ブ ロ コ だ
ヌ れ や だ ゴ ー ク ッ 海 圧 再 レ コ ダ 方
の ど せ 多 ー ス コ プ 降 向 ス イ ダ イ ク
学 方 カ ス ト ト 意 気 配 割 て ク イ ル に
校 故 エ ス ト の て 芸 安 り ィ ケ ル 終 嶋
を 進 ト 狙 ス 例 然 は 、 込 サ 下 ケ さ ト
し ひ 応 解 の ヒ れ チ ベ み 化 最 ル 本 所
ク じ 育 す 海 向 会 ツ 嶋 デ 本 論 下 私 方
ソ モ っ で 結 会 リ カ 育 ィ 向 本 最 質 圧
合 ヌ ヒ に 意 リ 応 写 登 本 向 品 論 の ニ
```

占める	積極的な
ステップ	マスク
ボトルを	すでに
割り込み	気配り
方向に	ゴースト
の例では、	の学校をし
降りて下さい	クロコダイル
品質の	ブレイク
クッカー	最終的に
スライド	ディケイ

Puzzle 41

```
ラ 化 せ 会 故 外 ン 方 囚 海 来 囚 場 サ セ ー
ッ つ だ 議 ふ ョ 部 こ モ 多 ま 弁 護 士 重 フ
シ 登 登 の シ 重 の だ と 側 し 芸 芸 社 ひ 意
ュ ト コ イ 合 ぎ べ 解 ゃ が で 話 安 側 ハ 場
向 結 ネ ラ て 写 お 応 多 嶋 ル き ち ツ じ だ
読 ス ッ っ ひ ル 方 を 有 育 き 安 私 ん ト 育
ク む 切 読 嶋 ピ ザ 命 用 ア フ ち プ じ 暫 向
ざ 横 だ セ 化 致 命 的 な ー ォ ー ロ ト ヒ 狙
カ 重 登 出 室 ニ フ コ ダ テ ー プ ジ 暫 無 ん
ホ だ っ 所 ど ラ ン ど ィ ー ロ ェ ヒ っ だ 選
百 ぐ 無 マ 退 ワ ス お ス ク ジ 無 ェ だ 能 く
チ ョ コ レ ー ト ー レ 退 ト ろ ク ざ 能 ニ
論 ん 芸 応 ク ベ ズ ゃ 室 じ ク ざ 能
```

会議の	アーティスト
セーフ	フォーク
来ました	ことができ
有用な	チョコレート
外部の	フラワーズ
致命的な	マーク
横切って	ネイション
ワンダー	プロジェク
ピザを	ラッシュ
きちんと	弁護士

Puzzle 42

引 化 リ サ ひ チ 孤 ヌ 摘 む 圧 向 は ヒ お
コ き イ 化 ひ ュ 立 せ せ しっ 私 い レ く じ
嶋 ヌ 分 ン 登 ー し セ 百 だ 読 。 加 意 み
所 意 故 け デ リ た グ 覧 ク カ 学 生 の ダ
ウ ォ ッ シ ュ ッ ス 妊 ラ 方 ク リ 権 ト ブ
弱 ニ ト 報 し プ ク 無 高 ン れ ブ 室 出 ル
せ 砂 ド ヱ 進 ク ロ ス 級 カ ド ー 子 内 を
応 ッ つ ん ざ ロ ッ て 感 圧 歩 が 辛 部 応
べ 結 い 通 セ リ カ ひ 摘 嶋 社 唐 ぎ で 歩
ょ ぼ に 砂 方 ッ ス 摘 解 権 選 で 写 く ス
じ で ！ 方 ぼ カ 無 だ っ 結 育 写 育 ひ ゅ
よ マ ニ ュ ア ル ー ラ 無 ニ ょ ベ 嶋 歩 ゅ
写 ソ セ も 場 室 テ じ 嶋 応 ラ ひ 嶋 結

唐辛子　　　　　マニュアル
孤立した　　　　チューリップ
引き分け　　　　グランド
むしろ　　　　　インデックス
クロッカス　　　ルーラー
おなじみの　　　内部を
カリブーが　　　高級感
ついに！　　　　はい。
ベッド　　　　　ウォッシュ
学生の　　　　　のダブル

Puzzle 43

```
む ト 実 権 素 ハ リ 意 芸 ざ 最 近 の 再 場
や 応 行 安 晴 お リ 覧 マ イ ナ ー を こ ホ
ニ っ が ゃ ら ぽ 方 ケ ー 育 シ チ 精 だ ひ
や カ ニ 許 し 摘 ボ ー ク ー ょ 化 わ り 育
ま 京 愛 ス い 場 開 タ ン ク じ フ ェ だ せ
セ ツ ラ ス バ 海 サ ど 辞 の エ イ う 砂 然
多 コ ン ニ ル ス ド ろ で 登 う ス ま ょ 阪
再 ト ブ ル 退 タ ル っ 選 く ト リ ん ス 権
ミ や 登 ー し イ 安 ス 報 ぎ リ エ ッ や 場
ト 結 リ ソ 再 選 だ リ ぐ 論 エ キ ン ぽ し
ス ト ロ ン グ 画 応 モ 開 論 ッ ヌ グ ツ ひ
成 長 す る 合 報 ひ ド ト ま 故 写 グ ヌ ツ
ぼ 方 覧 圧 通 ん ら 開 弱 る 故 写 ン グ ツ
```

バルーン	実行が
こだわり	素晴らしい
最近の	許して
うまく	タクシーの
フェイス	ストッキング
リソース	成長する
ストロング	スタイル
ブルー	マイナーを
カウボーイ	ハリケーンの
ミトン	シーク

Puzzle 44

カ	登	ざ	権	京	せ	化	ミ	出	暫	会	コ	報	合	話
だ	ビ	ニ	ヱ	方	報	育	ザ	感	意	ク	ま	ド	論	キ
狙	ジ	辞	方	ぽ	ま	を	非	リ	じ	委	会	キ	ニ	ャ
ぽ	ネ	れ	然	益	ん	辞	公	カ	ー	員	加	イ	向	ン
も	ス	の	利	京	込	む	開	場	再	ぽ	ク	向	方	ペ
女	の	子	退	き	ろ	覧	ふ	結	摘	ベ	ラ	会	通	ー
れ	覧	シ	巻	ど	サ	ハ	進	側	無	画	イ	論	故	ン
向	化	ャ	ヌ	ハ	サ	ベ	暫	ト	チ	場	ン	通	ラ	ガ
ま	ふ	報	ン	ラ	ベ	ル	の	場	芸	何	画	論	ク	ッ
キ	ウ	ダ	再	れ	ロ	妊	簡	テ	ア	ブ	レ	ー	ラ	ト
芸	き	然	芸	出	ゲ	育	素	ア	ン	ジ	ー	ク	だ	コ
暫	ハ	ル	ヌ	金	暫	ト	応	阪	ゅ	阪	ろ	ア	だ	ニ

ジャーク
アンブレラ
スルー
ダウン
ゼロゲート
ミザリー
の簡素化
女の子の
ビジネスの
感じた

アクト
非公開
巻き込む
委員会
キウイ
ガット
キャンペーン
の利益を
インクライン
シャツ

Puzzle 45

```
ぎ ク ェ グ ト レ ジ ャ ー ク 大 開 論 二 権
私 海 ク ラ イ シ ス 京 ン 本 仕 学 報 狙 だ
ひ 選 ト ス 破 応 リ 然 妊 セ 上 歩 は 然 ツ
能 覧 れ ホ ら 市 ド や 楽 本 げ 無 れ 、 れ
故 解 社 ッ は 民 や 何 に し メ て こ ん 嶋 権
ヱ 私 ト パ 、 の 乏 然 ろ く メ ッ ト 歩 ゃ
契 く 産 ー ぼ 合 投 ろ 狙 ん だ こ 歩 加 チ ゴ
約 生 登 ろ ゃ ド れ 狙 ん だ 多 化 育 側 っ の
の ツ 出 阪 所 化 叫 ん く 化 実 行 リ す ー ズ
応 ド 金 ゃ ニ 投 砂 だ い じ ょ ロ ぼ 向
ス ピ ー チ 痛 い ほ 多 さ い だ 側 セ 本 る ぽ
海 ヌ む ぼ セ ぼ 化 ど 場 。 退 で 圧 ぎ 狙 報 応
愛 ょ 結 加 ホ ぎ ト ぎ
```

痛いほど	の生産
叫んだ	こんにちは
市民の	セロリの
について	仕上げ
スピーチ	実行する
グラスホッパー	契約の
破らは、	メッセージ
トレジャー	大学は、
楽にしてください。	ゴーズ
クライシス	ドリンク

Puzzle 46

```
出 ソ ッ ク ス サ 出 故 エ イ 歩 コ て ぎ ベ
ぼ 会 応 グ ロ ー 職 タ ウ ン 向 百 で 投 チ
ヒ ざ う を ー ブ 員 ょ ン べ じ や 社 ス ョ
モ ょ ホ 超 ギ ラ ニ ー 話 ド 進 本 ど イ 化
阪 だ ネ 能 チ ク 室 百 合 ス ろ ニ っ お ヌ
何 エ 生 姜 は 、 た 加 だ リ コ 退 ろ 楽 お
の な れ 応 ざ ク ニ ど 結 ぼ 応 向 に し ル
も ょ く き ひ ヌ 歩 海 写 エ 歩 画 ざ ま も
カ ソ あ な た 投 お は 出 カ ら い 海 せ せ
ラ ド ヌ 開 っ ま ず 加 化 ス も ら ひ ま ひ
ノ レ ひ 応 写 進 場 加 だ ク ら ク か せ ソ
精 イ ニ ひ ょ ソ ぼ 然 暫 だ く ひ か わ る
精 ク カ ッ プ ル は 、 に も か か わ る ソ
```

カップルは、　　　　もらいます
タウン　　　　　　　職員が
まずは　　　　　　　インベード
チョイス　　　　　　ソックス
あなた　　　　　　　生姜は、
楽しませる　　　　　スクール
のエネルギー　　　　グロー
を超えた　　　　　　サーブ
なくなっ　　　　　　にもかかわ
出会う　　　　　　　ドレイク

Puzzle 47

れ	モ	覧	傾	芸	バ	再	も	の	が	エ	合	所	ツ	室
ト	ぼ	結	向	方	会	ー	ー	ヒ	安	話	場	ラ	リ	ま
ゥ	技	術	が	私	会	ル	ス	攻	撃	的	な	安	も	加
エ	ヌ	読	あ	ト	ブ	ぎ	辞	ト	ス	能	ホ	イ	ー	ル
ル	意	然	る	最	弱	囚	ワ	応	有	間	違	っ	た	ど
ブ	ス	テ	ー	ジ	砂	イ	芸	所	読	芸	化	ク	ん	ん
芝	開	室	報	画	退	の	ド	ホ	重	育	話	ひ	ラ	ぐ
化	生	モ	ぎ	退	ざ	ク	狙	ゃ	狙	ょ	れ	れ	ウ	り
し	室	を	室	百	室	結	囚	ゅ	暫	れ	狙	せ	ン	阪
リ	阪	フ	レ	ン	ド	何	結	圧	会	テ	嶋	ゅ	側	登
ゃ	れ	ラ	暫	多	ネ	多	場	ヱ	ゃ	百	ス	ク	リ	ー
海	ヌ	ボ	ッ	ク	ス	の	ク	む	進	ゃ	ゅ	ぎ	愛	然
ノ	ツ	再	ホ	室	ト	場	ツ	だ	安	ル	意	妊	出	登

ホイール	技術が
攻撃的な	スクリーム
ステージ	最悪の
クラウン	有能な
ものが	芝生を
バースト	間違った
ネスト	ワイド
傾向がある	ブルーの
ボックスの	トゥエルブ
フレンド	どんぐり

Puzzle 48

読芸クヱれ育狙進れ嶋エ成る写精
ふヌホサ囚ひやルきモン長っ応能
京金暫ラ阪れぎ京進劇ドしるだぼ
てき投ハ話れ出狙芸場ウま読むシ
レっひ阪ゃサイ多圧を豆し妊摘ー
場加れ労者、ソレム登のた見狙ズ
モれ労働向イレーン覧ろ化狙えン
会する無意ソだートス京応競えク
ホ光ポ然囚だルグル陸上忙し弱る
ーのフ論スカざの政治むしドル場
ルあリお退っ解金報スラ多ルざ大
ドるタ加場加もヒ室登報ふ弱ヲな
弱ー覧砂ょ投セ、国際ゐゑゔゕ重

フリーター	レスポンス
チーズ	エンドウ豆の
サイレンス	劇場を
陸上競技	ブルームを
ホールド	光沢のある
、ソート	労働者
、国際	広大な
見える	忙しい
の政治	シーズン
成長しました	ウィグル

Puzzle 49

```
重 リ ま 育 ー 場 ル ヱ で っ 通 サ ぽ 故 し
セ ブ ン ブ エ 会 重 ア ヱ や 方 ゅ エ 囚 論
エ ヱ リ ゴ ウ ン ド ウ ノ じ 大 む 社 権
れ カ 暫 チ を ふ で バ ょ ぽ き ま ろ だ 退
エ ク セ ル 何 セ ク イ ー ン っ い バ 退 イ
プ ロ セ ス 軽 コ ツ ス 乏 失 ひ ド ラ ル ラ
が 開 始 す る 自 信 を 持 っ て ク エ ル す
登 画 は ひ 圧 し 動 ド ソ た 京 ベ テ ル る
モ 察 圧 ん 弱 ま ソ 車 結 チ ル ィ ー ぼ
警 ディ ー ル つ だ 結 選 ッ ど 無 安 進 画
本 狙 故 れ 育 エ カ ニ 故 ト 弱 暫
つ ブ ラ ウ ス ニ ノ 故 本 で 読 囚 ニ
ぎ も く 話 き 妊 ま ニ 本 で 化 再 砂 精 画
```

クイーン	警察は
バラエティ	大きい
セブン	軽自動車
エクセル	ルール
リンゴを	ブラウス
が開始する	キッド
カリブー	失った
自信を持って	イライラする
アドバイスを	ウィンドウ
プロセス	ディール

Puzzle 50

シ	の	解	説	は	、	通	場	ス	芸	話	た	テ	ク	安
ョ	ひ	然	本	ま	砂	ノ	ナ	イ	ト	っ	囚	だ	砂	ど
ー	ヘ	ラ	ジ	カ	タ	ツ	ム	リ	あ	す	ぎ	様	写	弱
ニ	き	解	結	ヒ	嶋	開	ひ	精	れ	べ	能	エ	々	社
摘	妊	ざ	進	囚	弱	囚	ヌ	阪	阪	き	メ	リ	ー	な
チ	合	私	育	再	結	場	囚	チ	金	で	ゅ	ア	囚	フ
場	権	投	ツ	報	っ	ベ	ソ	せ	ど	す	囚	リ	再	ル
ニ	チ	ど	写	セ	ド	ぽ	精	場	摘	砂	オ	ー	ナ	ー
狙	辞	歩	っ	ー	阪	向	ヒ	愛	じ	テ	合	ナ	ろ	ツ
ろ	投	し	バ	ヌ	サ	的	ひ	重	画	社	ぽ	っ	ひ	く
読	整	ー	天	ス	徳	室	室	歩	無	オ	ー	プ	ン	ス
方	ィ	頓	国	道	だ	む	む	妊	お	ど	せ	ニ	場	開
フ	投	本	を	選	択	安	エ	ス	ケ	ー	プ	ク	暫	摘

オープン	天国を
オーナー	フルーツ
の解説は、	整頓を
アリーナ	カタツムリ
あった	メリー
を選択	ヘラジカ
ナイト	エスケープ
すべきです	エリア
様々な	道徳的
フィーバー	ショー

Puzzle 51

```
退 ス 芸 ぼ 社 が 猫 パ フ ィ ン を ア 読 ま
会 ひ フ 応 ア ニ サ ち 故 愛 星 方 ニ の ル
リ 室 ァ ジ 解 選 ン 私 ゃ 惑 ト 応 マ よ ス
ク ト ー ス 決 妊 グ 社 ぽ ん し 応 ル う ラ
れ リ ス 登 済 ま ラ ホ ん ク 退 ぎ に 歩 嶋
フ ッ ト 場 み パ ス ー ベ 圧 無 ろ べ 乏 石
出 ク レ 画 ゃ ソ は 向 辞 精 て 本 出 意 け
ハ ゃ 度 お カ コ ノ 辞 出 辞 ル ヌ ャ ヌ ん
ニ 感 狙 ヌ ラ ン ダ 画 囚 ん ひ キ 囚 コ ょ
好 因 応 安 ス テ つ 歩 歩 ソ セ ャ 精 ヌ 場
写 多 砂 し は セ お 室 室 暫 ヒ ン む ま 本
ソ 選 ス 乏 れ 乏 テ 陽 向 が 安 プ 登
ド ク タ ー ヌ モ ヌ 選 気 じ る 阪
```

キャンプ	石けん
キャメル	トリック
好感度	ファースト
フリージアが	解決済み
ドクター	ランダム
サングラスは	ホーク
のように	アニマル
パフィン	パソコン
カラスは	猫ちゃん
陽気が	惑星を

Puzzle 52

手	紙	を	も	辞	の	見	ど	乏	ず	る	本	エ	ル	フ
合	出	所	選	び	ひ	た	報	ら	れ	選	ト	れ	ざ	本
も	れ	ぐ	滅	る	画	目	わ	ら	ラ	ヴ	ン	グ	ヱ	ノ
ル	主	張	す	る	ブ	か	取	ラ	ニ	ィ	ク	乏	ホ	海
お	も	圧	れ	ま	か	ロ	ル	ー	ニ	ッ	テ	通	本	お
会	話	応	ヒ	も	阪	ー	マ	無	応	ベ	ソ	本	つ	嶋
論	多	ひ	私	妊	ゴ	れ	重	ぐ	場	退	ば	無	モ	サ
ク	オ	リ	テ	ィ	だ	ひ	ぽ	辞	ス	干	写	ス	ざ	エ
読	ざ	ハ	選	ニ	っ	砂	ス	摘	コ	意	ニ	故	く	ネ
リ	ひ	故	テ	も	そ	し	て	シ	故	通	合	ざ	ッ	ク
ベ	辞	退	じ	ょ	安	ぼ	ゅ	ッ	本	論	ゅ	ん	ト	ょ
ひ	葉	っ	ぱ	ド	京	ギ	フ	ト	危	険	な	出	ク	—
ヒ	歩	サ	ょ	本	本	所	っ	ヌ	レ	て	出	ト	—	—

主張する
テーマ
テクニック
ネック
手紙を
ブロー
取られる
干ばつ
そして
もかかわらず

葉っぱ
危険な
見た目
エルフ
ラヴィング
クオリティ
ギフト
滅びの
ゴール
シット

Puzzle 53

```
会 暫 せ ス ス ニ く 百 ト っ ジ ャ ン プ で
セ ぎ 画 多 キ ヒ ぎ モ 方 ひ ョ 同 ク く ヘ
会 フ ィ ー ル ド 営 業 時 間 ブ 一 近 る ア
多 成 熟 し た ぐ す る ホ ツ 囚 ロ 性 調 金 ー
登 く サ ベ ぐ ブ ル ー ベ ル ッ ス 嶋 ふ 安 ス
れ ひ の 社 芸 解 辞 ヒ 乏 芸 ク の ひ 安 阪
話 ょ む ス 然 方 安 京 ま ク モ 育 だ ス 選
権 金 ラ ミ 安 ひ ヌ 選 芸 や り 安 ひ コ だ
権 サ ょ ッ シ 阪 ヌ で カ カ 育 重 ろ ハ 報 何
安 権 き コ ョ イ ク 思 方 社 然 安 ぐ ゅ 育 二
会 多 暫 囚 ン ペ ト も い 所 然 ろ モ 乏 く
私 ブ ラ ウ ン は 、 意 投 れ 重 写 ニ モ ぽ
ぎ 結 サ 囚 ヒ お だ ぐ ニ 然
```

単語リスト

- ジャンプ
- 思いやり
- 営業時間
- 成熟したする
- ブロックの
- 同一性
- フィールド
- ヘアー
- ペット
- ホール
- 多くの
- マイト
- ブラウンは、
- シェイク
- ブルーベル
- ミッション
- 調べる
- 近くで
- スキル
- ジョブ

Puzzle 54

```
ざ ヌ コ ラ イ ド 本 明 イ 画 れ ょ 成 で 立
能 加 辞 イ 興 ル チ 確 意 ン ス ざ 功 囚 っ
だ く 京 ス 味 論 ー な 子 コ ス し コ ひ て
ト て 無 ヱ 津 サ ム ど ヱ エ タ た ひ 合 い
べ ろ ヌ 京 々 イ ロ 読 も 海 シ ベ ヌ ト た
ざ 能 る 覧 バ ズ ッ 物 た ト マ 覧 化 メ グ
む ひ ヱ 方 重 乏 ク で ち チ ウ ニ ヌ む デ
バ イ ソ ン ホ 開 棄 き だ ュ マ ツ む 妊 ィ
ス 安 ま 阪 ぽ 廃 向 で ー や ク ナ 退 圧 フ
乏 ニ 投 ル や 百 む 映 ブ 育 レ ク 嶋 だ ェ
投 登 側 論 乏 結 し 画 リ 社 応 ぐ ー
話 で 妊 開 や 重 サ 館 進 や 辞 ん ル
無 意 本 芸 ぽ 進 だ 摘 は ハ ク ん で
```

映画館は   ディフェール
クロック   ルーム
バイソン   コライド
チューブ   インスタント
できました   ナツメグ
バイク   廃棄物
興味津々   明確な
立っていた   サイズ
シマウマ   成功した
ライス   子どもたち

Puzzle 55

ウだと思いディろ百狙育ス投ゃ
ぎォ欲ヌ安ディやひクつ故クょ
じ求スリベートむれぎ登愛室ぎ応
がフのチェーン応応金加出側歩
ひ進写サイ私愛つルラ府ヌベ無
育れサーまヤグ多彼らの画ヒじま
クガビ進キー摘化最思開テコだ
コおスャ写るマレ近ょぽコソク
ールおピ卒業証書ン、出だ通圧
圧タドト選権だ安チさじる育
ルサライエンポガイドライむニ
再きインポート金安権何話会
百ぐバジヱし愛れサっヌろひ
論ぽーンょ応高速道路話れ百

サービス	彼らの
エンジン	キャピタル
ディベート	欲求が
高速道路	政府の
思い出さ	ファイヤーマン
最近、	インポート
イーガー	ドライバー
ガイドライ	卒業証書
のチェーン	だと思い
ウォッチング	コール

Puzzle 56

魅 話 モ 側 チ 権 セ 穏 投 む 場 だ 意 ヌ ど
力 れ ベ ヌ プ ニ ヱ 覧 や も ス モ ま ひ 結
あ ニ ひ ッ ブ リ ノ だ か ク セ 狙 ら 論 ヌ
ふ 本 ト 向 リ 加 者 故 再 ふ な つ ら ら を
れ ス 結 参 っ 愛 エ レ 覧 せ せ る ロ ア 弱
る ピ グ 無 バ ナ を 退 乏 ク 圧 ま コ 精 向
エ ー セ じ テ ざ 出 海 シ ー カ ク ン ト ル
イ チ 通 エ 会 ス 見 ふ ル ャ ー バ モ 応
ト を 歩 選 完 ざ て ん シ ろ ソ イ ニ 権
報 ヌ 準 備 所 話 い キ ル ー エ ン 覧 ホ
ス れ ク ヱ 能 き る ー む く レ れ れ
ハ 意 所 所 解 お お ト ー ょ の 海
芸 圧 る ソ 歩 加 だ 本 レ 荒 野 の 乏

ストップ   スピーチを
を通じて   つららを
イーグル   シルキー
破った   エイト
カウント   準備完了
穏やかな   荒野の
魅力あふれる   ブリッジ
レビュー   フォークロア
見ている   コンバイン
バナナを   参加者が

Puzzle 57

精 金 ニ ひ 芸 ぽ ょ は 競 争 の 妊 ょ ら ん
ニ 狙 話 ぼ 結 本 ぽ 求 く 数 き 能 て で る
ス カ ディ だ ケ イ め 少 ル サ 故 登 ひ 方
砂 ッ 室 れ ヌ の 囚 精 ハ き ト し 引 イ 用
ぼ プ だ 所 ク 意 精 ま ト サ シ 乏 出 ン 語
ツ る れ ン ク リ ス ト ル ィ ャ 愛 し 集
合 チ 狙 ピ フ ス ト 私 む ー イ 砂 が 海
イ 過 ト ト ク ィ ー ゅ 製 何 ン れ 投 レ
ラ ベ ご 論 ヌ ル 暫 場 品 そ 海 ヌ 摘 安
ス ソ ん 選 無 暫 側 を の ト 愛 ぎ だ 多
ト 応 だ 然 っ 側 権 ヱ 報 ス 砂 退
私 百 ふ す 妊 嶋 き テ で べ れ ヌ
写 く ふ ト 能 ル き 多 再 芸 ト ク

ピンクの
少数の
イラスト
悲しい。
用語集
引き出しが
フィール
は求めます
イベントを
競争の

ハート
シャイン
サーティー
それは
クリームを
製品の
リスト
過ごす
カップ
ディケイド

Puzzle 58

選 エ ヱ 場 ニ キ ナ お ベ ヱ ン 証 対 弱 合
傷 つ け る ま 摘 ー ど 祝 ョ 社 明 象 合 向
高 む モ ひ っ ト ス ジ い し 合 と チ 管
応 価 エ 達 成 す ス ビ 重 ま サ し な セ 理
遅 く な て す る ビ エ ど テ ま る 丸 し
ガ ハ ま 期 き 方 ョ 応 進 退 す ち な 薬 ま
チ 話 会 っ 待 す る 化 ク し く つ 結 話 を す
ョ ま 本 ふ た 登 然 乏 で べ ゅ だ 圧 ノ ク
ウ 安 ヒ お 退 再 ん 精 べ ー 多 ー 無
圧 狙 乏 だ 辞 第 六 回 進 ス チ ま 所 暫
想 像 し て み 砂 狙 リ ト ヌ 投 お き ヌ
話 ょ 合 方 モ れ ま だ き 安 グ ノ 乏 投 る 解 ル
て 重 無 モ れ ま ぐ ヌ ド ど 画 チ 海 ル 登

丸薬を	遅くなって
証明します	ベスト
管理します	達成する
スチール	第六回
高価な	対象となる
ストーリー	ビジョン
お祝い	傷つける
ガチョウ	キープ
ナース	期待する
想像してみて	会った

Puzzle 59

ノ	ゃ	買	を	に	ト	画	選	写	私	刑	つ	知	安	拒
ま	ヘ	ア	い	ク	ぐ	写	向	る	詰	務	テ	ヌ	ソ	否
だ	ロ	買	タ	の	の	異	な	る	め	所	ざ	ソ	ソ	し
フ	ン	じ	ン	取	り	せ	本	ヱ	合	の	ま	摘	て	て
話	コ	き	く	り	べ	会	っ	言	わ	れ	た	い	エ	い
ハ	安	確	サ	サ	コ	ぐ	て	む	せ	社	キ	る	弱	な
と	ハ	立	ッ	ッ	バ	ー	た	ド	ぎ	ょ	阪	場	リ	い
呼	伝	す	カ	カ	ー	応	ろ	さ	お	場	論	王	ン	の
ば	え	る	ー	ー	無	写	う	囚	ぼ	進	構	出	室	再
れ	然	場	出	れ	進	モ	ソ	ノ	摘	だ	築	築	精	選
る	出	や	応	ぼ	海	方	サ	会	ラ	ス	圧	百	物	故
テ	話	レ	ヱ	ま	場	結	論	加	ヌ	覧	狙	進	阪	海
方	解	圧	愛	モ	モ	応	退	退	チ	通	ド	多	退	通
	然	ひ	じ	ト	私			テ					ろ	

伝える	ヘロン
王室の	詰め合わせ
刑務所の	構築物
確立する	の異なる
サッカー	言われた
知っている	拒否していない
コンタクト	キリン
買いに	買い取り
うさぎ	カバーた
フロアを	と呼ばれる

Puzzle 60

で ワ ク ワ ク と ほ お ス ま 嶋 だ 検 会 く
ろ 金 解 ア ジ ん と だ ト ぎ 精 弱 査 ひ ま
レ 阪 む リ ラ が り ぐ リ 分 子 の の 写 フ
、 さ ら に 出 り ど 故 ッ 感 じ る こ と ォ
意 ひ 画 考 解 解 金 示 プ 場 れ 然 じ 開 ー
っ ぽ せ 暫 報 っ 金 示 の ら で も り だ テ
ぽ 京 ツ ッ 非 表 ぎ ク ね も ク も 多 ざ ィ
レ 報 ト ト る 然 ク ュ 能 ガ ろ 合 育 っ だ
報 ッ ド 側 弱 ヒ 尋 ホ 見 ー ぎ ス 方 多 リ
ょ つ ス ン れ キ 合 暫 嶋 見 精 デ チ 権 ミ
妊 圧 ぎ ド を ガ ひ ヒ を 選 ー モ ヌ ハ ッ
画 妊 ド レ ど 妊 エ ン を 嶋 ス ン ト ト
妊 だ だ レ ぽ バ ル ー ン 投 ハ ト ぽ
ゃ る 画 再 精 向 何 辞 ぐ ニ ぽ ハ

分子の
バルーンを
ワクワク
検査の
ストリップ
とんがり
ヒキガエル
見積もり
ほとんど
考える

レッスンを
フォーティ
感じること
リミット
アリに
、さらに
クジラ
尋ねられる
ガーデン
非表示の

Puzzle 61

ヌ ぐ 応 最 ハ ゃ ニ 本 然 何 リ ト ラ ッ ク
然 化 進 も ス イ ミ ン グ シ リ ー ズ フ ぎ
ニ ヌ 愛 幸 解 覧 向 ベ ジ テ ま 登 で ォ ソ
選 ス 無 せ 写 化 じ コ ン テ ン ツ ー 読 だ
妊 嶋 重 な ノ プ ロ セ ス の ソ 重 特 精 室
欺 場 側 っ ト ろ ま ト ソ 阪 二 摘 精 定 の
く 消 だ れ 摘 覧 ン カ 妊 登 消 し ゴ く な
の 防 然 ク ひ テ ラ 砂 時 ワ 室 く ム う 摘
れ 士 ド ぽ 再 で ニ レ に ゴ 辞 テ 多 よ ツ
モ 意 て 安 写 合 押 下 は ン ッ 数 妊 二 だ
ル ヌ る 囚 無 チ 登 ぽ ヌ ス の 応 結 暫 ょ
故 金 も ニ つ ひ 狙 重 然 有 絹 出 囚 出 エ
登 ト て 辞 ケ ト ル ま 私 者 論 出 せ

特定の　　　　　　　数多くの
テント　　　　　　　ワゴン
押下は　　　　　　　所有者
フォース　　　　　　スイミング
トラック　　　　　　コンテンツ
欺くの　　　　　　　絹のような
シリーズ　　　　　　消しゴム
消防士　　　　　　　ケトル
プロセスの　　　　　時には
最も幸せな　　　　　ニンジン

Puzzle 62

歩	嶋	ゅ	だ	さ	チ	ク	ツ	室	む	阪	方	せ	無	ざ
歩	レ	し	ニ	れ	リ	テ	場	チ	狙	ト	ク	遊	覧	然
よ	り	低	い	て	ひ	で	弱	精	解	再	ぽ	び	す	美
故	力	重	べ	本	も	ひ	芸	る	っ	エ	側	心	ぐ	し
福	選	す	出	登	ボ	圧	グ	意	タ	ー	の	あ	に	い
利	無	っ	セ	レ	ク	ト	嶋	ラ	ー	ン	し	る	ク	弱
厚	く	テ	ニ	毎	シ	投	つ	ャ	ウ	ェ	再	る	レ	画
生	私	圧	気	年	ン	摘	シ	を	ェ	ン	ょ	ク	イ	愛
め	っ	に	恒	グ	ー	ー	私	じ	ン	ド	ジ	む	ジ	む
も	摘	ん	な	例	ソ	タ	ス	ぐ	っ	進	え	く	ー	ー
辞	画	き	る	の	ー	ひ	芸	カ	お	笑	シ	ー	然	ト
ゅ	も	ニ	芸	レ	出	砂	ぎ	ょ	摘	会	辞	ぐ	投	報
ヌ	ヱ	レ	ナ	結	画	ひ	写	育	開	ト	育	し	し	ラ

笑える	すべて
グラウンド	セレクト
ナレーターを	のソーシャル
めったに	ターンの
エージェント	より低い
気になる	シュート
ボクシング	クレイジー
されて	福利厚生
すぐに	毎年恒例
遊び心のある	美しい

Puzzle 63

```
る 故 ロ ン グ レ 覧 狙 摘 二 狙 歩 応 ヱ ル
狙 ょ 本 論 サ 覧 報 加 登 百 キ ざ 向 ス 所
新 鮮 な フ 覧 ム だ け の 耳 る コ ハ ド ハ
海 投 定 ド 選 圧 故 り 投 の 嶋 じ リ 通 ル
む 安 ト リ 方 輝 売 ッ だ ト 合 れ ー ん だ
不 プ ク ー じ を っ フ 正 し ラ じ ム 砂 愛
ょ レ ョ ム 気 礼 フ ラ し ゅ イ て 解 で 愛
、 イ ム 覧 嶋 ト 儀 リ ッ ラ ム 進 場 れ ど
以 ヤ だ じ 二 重 金 テ テ ク だ 写 セ 退 チ
前 ー 覧 気 育 意 れ ハ ュ 増 や 写 阪 能 歩
の ド 所 嶋 私 再 重 も ま す い て 所 レ だ
話 ょ 覧 ニ だ ひ 意 落 ち 結 着 い て
ハ 場 社 育 ふ じ ち 着 も 落 ち 着 い
```

の耳は、
クライム
売り手
キャンドル
フラット
フィルム
輝きを
礼儀正しい
気をつけて
不安定

プレイヤー
、以前の
増やす
ハングリー
新鮮な
ロング
これまで
落ち着いて
コーン
ドリーム

Puzzle 64

```
明 エ ク ス テ ひ 以 来 、 オ 現 セ っ 階 チ
ツ ら 応 ス タ ン プ ヌ イ 在 出 ろ 下 合 ん 愛
嶋 場 か 解 私 ン ニ ス だ ル の 妊 会 に は ブ
せ 再 登 に 罰 チ ド れ ド サ 育 ゼ だ ティ ュ 社
を 示 し ま す ヌ ベ 能 エ グ し っ サ ツ ま 二
ん 辞 ひ 再 る や ゅ ク 読 ら ク 摘 モ 育
ぐ 再 カ っ 用 利 や ル 京 京 ら ク ま モ む
ひ ま ラ お 利 出 ブ し ぐ ロ 京 室 芸 ぽ モ
化 ひ フ 再 用 タ 砂 し ン 化 だ 進 退 モ ル
多 弱 ル 芸 ー 安 レ リ ブ 暫 退 ク ル ヌ
ティ ー ポ ット レ ポ ー ト ライ ア ル 解 安 べ
室 ニ ヌ 再 ひ 狙 ょ ド エ 狙 進 ッ だ ひ ド
コ 会 で ぼ 安 囚 場 進 ゅ 写 ゃ ひ ニ ベ
```

エクステ	階下には
スタンプ	ロンリー
スタンド	を示します
ポータブル	ティーポット
現在の	レポート
トライアル	つらら
明らかにする	オイル
カラフル	ブラッド
罰する	以来、
エグゼクティブ	再利用可能

Puzzle 65

側っカ摘無クエホツ会オせざ応テ
巻き戻し何ニミリ芸ん一む摘向社
シ圧むむ安ゅ一濃方嶋プ本登ス意
ャ開阪ま応ロル縮カナ場ヌ育向向
一ポテ応デケ物プ一ラ海精、
プ開む選スイッ解ざなせ室ふマ
ナ海はパートカ砂トもやけドじウ
一機レヌ選ロの合有名もだ室海ス
危元に戻すロイ退京砂ぎ教海の然
だ結然開貧イし場人々を精え話応
し意加も暫エコ退海もだぽ応
む辞圧だ加スぽ結コ金育れでれ辞
安ノーブル砂んラト芸阪会たでれ

、マウスの	教えられた
有名な	ロケット
巻き戻し	元に戻す
濃縮物	ポテト
危機は	シャープナー
デストロイ	カップル
オープナー	イカの
パート	エミール
ノーブル	何でも
貧しい人々を	だけでは

Puzzle 66

```
ベ ヱ む レ ひゅ 無 つ 開 で る ぐ だ モ チ
話 ス 故 向 だ 重 方 せ ひ 狙 グ ー メ 読
エ イ ン タ ー セ プ ト は 乏 ニ コ ン っ
ウ 歩 レ ス 再 ニ ソ 狙 っ く 画 進 ト 向
ェ ド ま ヌ テ 圧 阪 会 ぎ 出 本 で の れ
イ ニ べ 狙 ヌ ー ど ひ 世 ス 当 重 た ゅ
ク ぽ た だ ソ エ ト 芸 界 コ の 室 め リ
果 く ら ス 場 会 場 メ 所 ン カ に ヒ
ス た 、 摘 ト 妊 意 で 愛 地 メ ク 所 チ
開 ソ す ッ シ パ ワ 能 ト 球 リ テ ぎ 妊
場 エ ニ 素 ー 車 両 は 、 ラ カ ル や ク
圧 ユ 登 敵 ン 本 多 ざ 側 ジ ン 燃 す
き 進 金 な で る り 弱 も む オ 狙 コ 論 ふ
```

本当の
燃やす
インターセプトは
アメリカン
素敵な
地球ラジオ
パワー
のために
ステートメント
カクテル

モーメントの
世界は
ユニット
車両は、
たら、
グレー
ウェイク
コーチ
果たす
シーン

Puzzle 67

```
写 ル 砂 サ 側 っ 弱 ゅ 維 無 ヌ 読 チ ア 能
プ レ ー ト は ハ ン マ ー 持 ソ き ャ ナ 子
好 き だ っ た ョ 芸 も で し 会 ー グ 猫
ブ ラ ウ ン シ 芸 っ ト く ツ レ ま じ マ を
狙 重 話 ー っ 辞 ス ディ オ む ま ひ 画 を 投
圧 だ ュ ヱ メ ざ ディ オ ニ 故 投 じ お 社 ん
ク リ ー ム デ る カ 投 ニ 乏 じ 育 ス
ソ ポ 歩 クィ 会 る モ カ ト だ バ イ コ ン 応
ー 狙 リ ム ア ハ ッ シ ョ バ イ オ レ ッ ろ
セ ヒ チ ス ー ニ 会 シ イ ス 方 も イ ン 海
ー 権 能 ヌ マ ス ト ョ お で 場 嶋 百 応 摘
ジ 囚 ツ ふ 応 ン 暫 ン っ お 再 ボ ろ 通
砂 だ も チ ェ ッ ク さ 弱 歩 意 も ー 通
```

チェックさ	ムース
クリーム	オートバイ
ソリューション	アナグマ
ソーセージ	好きだった
チャージ	ブラウン
プレートは	ハンマー
メディア	レインボー
ポリスマン	バイオレット
マスト	子猫を
維持します	ディスカッション

Puzzle 68

ヌ マ イ ル ラ 引 れ ツ サ 育 ふ ハ の 何 ょ
解 れ ン 報 ラ き べ 砂 投 能 つ だ 代 オ 阪
話 ひ サ 話 せ 出 プ ロ テ ク き は わ フ ひ
結 む ー く エ し 海 ト ア 今 日 だ り ィ ひ
ニ ス ト ラ 社 む 会 応 を キ ざ 向 に 登 方
ヱ レ よ 社 も セ テ 弱 ヌ ぐ ー ー ペ 応 故
つ ひ う こ ぎ 解 ン ニ イ 加 コ ン ッ 圧
む ト こ し 進 ョ テ ン 本 ャ ン プ ざ っ
く ピ そ れ シ 京 人 気 キ 膝 ひ ざ ら シ 所
カ ッ ！ デ ィ ス プ の ツ ー 育 ヌ ュ 砂
多 ク ー い テ ー 京 場 選 砂 る ヌ 嶋 解
ろ オ 選 歩 ら 本 本 あ ゃ 作 っ ん
嶋 阪 つ む リ 本 社 辞 る 本 ゅ ど 応

トピック	プロテクト
の代わりに	膝(ひざ)
引き出し	モンキー
キャンペー	マイル
テイク	プッシュ
テープ	インサート
人気のある	オフィサー
今日は	いらいら
ようこそ！	アキューズ
オーディションを	作られ

Puzzle 69

```
ど 側 達 ツ ぐ 側 ぎ ボ 歩 ソ 再 ぎ ヌ 覧 ス
暫 ヱ し ノ ラ ウ ー セ 金 ぎ 海 権 ロ レ カ
キ 意 た メ ッ 芸 リ し ヴ 向 場 ク レ ブ ー
進 ャ ニ ド ソ 歩 ン ディ ス 圧 圧 狙 ー ゅ ト
権 報 ン リ 画 金 テ グ レ 方 チ ニ ブ 故 ぽ
ろ れ ょ デ ヌ ぎ 応 論 ッ ろ ヌ 場 ゅ 安 ょ
生 き 残 る ィ テ ゅ 退 ジ た く 血 故 液 論
戦 争 の お 辞 方 会 摘 べ へ 摘 響 を ン が
や 場 農 辞 百 応 金 登 れ 写 影 く テ 所 京
エ は 産 ぽ 方 れ つ ば ま 合 投 だ 会 れ ぎ
ト ま 物 サ ょ 権 結 芸 本 精 カ ー 再 結 話
ト だ が ニ 辞 応 ふ 本 暫 ー 然 多 ル ぎ
然 つ 応 精 辞 然 ソ レ コ ミュ ヱ 然 多 加
```

戦争の	ラッソ
へ影響を	ボーリング
キャンディ	達した
生き残る	クロス
工場の	はまだ
ディスターブ	の農産物が
ラウダー	コミュ
カーテン	血液が
結ばれた	ヴィレッジ
スカート	ツノメドリ

Puzzle 70

```
ウ ョ ホ 囚 応 ツ 歩 文 ト 意 せ 応 画 像 の
ゃ ォ チ ャ ン ス 想 登 退 図 シ ン ク ミ ぎ
ま ソ ー 精 本 感 ひ に 達 す る 、 ズ エ 投
私 れ 無 ル 書 ル 精 無 能 る は ネ 京 能 歩
ょ 社 登 読 レ 応 ゃ 砂 ひ 人 タ 二 能 応 む
し ホ セ 重 見 ゃ な じ ハ ざ 意 応 ス ド ヌ
は 歩 乏 要 京 ル い 砂 権 リ 解 ス 登 登 写
ひ 大 弱 か 、 摘 暫 も 登 暫 開 愛 歩 っ 進
然 ナ き つ 彼 社 ホ 能 重 レ 加 化 二 ト ー
場 レ 室 な ら く 海 ッ サ ー キ ュ レ ー ト
安 ー 必 要 が あ り ま す ふ 側 だ 金 リ 室
化 タ 引 っ 張 っ た モ 方 育 本 然 暫 ア 権
論 ー 選 愛 で 場 ニ ヒ 精 ぼ カ ン ガ ル ー
```

画像の	見えない
ナレーター	意図する
サーキュレート	人は、
ウォール	リアル
カンガルー	ハタネズミの
チャンス	必要があります
ハット	、彼らが
に達する	は大きな
引っ張った	重要かつな
読書感想文	シンク

Puzzle 71

ヒ	横	ど	こ	で	も	れ	て	故	む	な	ブ	て	ア	莫	大
確	か	に	ソ	ヒ	ぎ	能	じ	っ	き	ー	ラ	イ	ト	ミ	な
ニ	タ	圧	振	ー	ひ	オ	し	好	ム	選	ベ	ジ	ャ	惨	め
ラ	イ	ブ	き	っ	ス	フ	の	当	事	者	が	ッ	ク	つ	な
フ	ニ	カ	泣	い	た	ィ	ソ	私	再	会	お	ジ	故	登	囚
ァ	ー	し	お	も	進	ス	意	開	論	れ	エ	じ	ふ	狙	化
イ	圧	嶋	サ	暫	ト	摘	ホ	て	っ	だ	ニ	じ	開	京	登
ブ	ル	サ	ポ	ー	ト	し	て	っ	ゃ	サ	場	じ	読	テ	ス
進	所	カ	ー	テ	故	き	き	多	む	然	ニ	芸	ヱ	辞	
方	囚	む	ト	論	囚	乏	く	ま	開	応	囚	論	弱	退	ひ
写	海	本	安	摘	開	愛	っ	ツ	応	ス	論	会	ト		
能	ヒ	通	ひ	京	話	多	登	向	ス	ょ	エ	嶋	会		
摘	ニ	歩	ざ	ふ	選	し	チ	だ	ト	ま	だ				

ジャッジ	当事者が
ソース	ライブ
サポートして	ライト
確かに	サポート
莫大な	イルカ
タイニー	な惨めな
ファイブ	泣いた
オフィス	の好きな
アトミック	どこでも
ムーブ	横に振った

Puzzle 72

ょ	妊	ふ	だ	囚	ア	て	弱	私	辞	エ	乏	ド	の	ょ	囚
無	開	セ	応	ェ	合	た	精	き	精	べ	っ	ん	阪	何	意
意	結	レ	チ	こ	れ	は	、	登	応	退	ゃ	れ	プ	っ	ン
味	ワ	ム	だ	ら	組	み	ぎ	応	赤	ち	ス	プ	ロ	ツ	リ
な	ー	耐	え	れ	ば	る	立	話	ん	く	エ	ロ	お	パ	無
ア	ド	与	マ	お	あ	あ	話	ち	の	フ	ォ	リ	緒	阪	じ
社	ロ	本	ッ	ク	ス	ネ	ち	レ	き	モ	フ	囚	に	再	解
ソ	ー	で	チ	シ	ネ	ぎ	ャ	会	せ	芸	卓	ひ	化	室	阪
ヌ	コ	場	会	ャ	ぎ	が	り	解	て	卓	を	場	京	ド	ゼ
嶋	故	恥	ず	し	か	フ	ぐ	覧	電	能	ぼ	ホ	化	本	ブ
っ	精	権	ソ	か	ひ	ニ	ッ	ざ	退	化	然	ぼ	京	く	ラ
せ	ひ	狙	ま	報	サ	ひ	テ	砂	摘	然	ぼ				
暫	ツ	ろ	ド	弱	れ	ひ									

与えられた
電卓を
ゼブラ
アームチェア
一緒に
エクスプレ
スプーン
組み立て
フット
ワードロー

フォロー
無意味な
マッチ
赤ちゃんの
これは、
恥ずかしがり屋
フリッパー
耐えられる
おばあちゃんの
シネマ

Puzzle 73

ゅ	ニ	ソ	れ	む	報	っ	信	ぐ	ぽ	ル	ワ	カ	結	精
阪	結	ツ	京	テ	覧	弱	頼	妊	ペ	ど	イ	ダ	暫	ソ
シ	お	話	側	通	覧	ひ	性	ス	開	ホ	ル	ブ	一	多
選	ャ	登	必	要	な	も	の	進	ヌ	て	ド	レ	ゃ	ク
提	応	ー	れ	温	度	計	高	ラ	結	ミ	キ	イ	読	ツ
案	べ	っ	プ	異	な	る	い	ぐ	エ	ツ	ャ	ブ	阪	ニ
す	も	ル	通	さ	、	プ	ロ	の	登	バ	ッ	摩	耗	が
る	百	リ	し	よ	う	な	ら	ュ	場	チ	ト	ヒ	ラ	ジ
応	摘	続	ミ	リ	タ	リ	ー	ゅ	む	の	サ	リ	リ	ャ
セ	連	ス	レ	ッ	ド	ひ	弱	妊	ト	報	じ	コ	選	ガ
の	海	ヒ	じ	ま	解	室	エ	だ	チ	じ	イ	ル	む	イ
チ	室	囚	無	ヌ	ヌ	話	合	百	セ	然	ル	然	登	モ
せ	能	ひ	リ	通	だ	私	室	テ	妊	場	ひ	ひ	だ	だ

スペル
ジャガイモ
ダーク
ミツバチの
もつれ
ミリタリー
チャイルド
さようなら
信頼性の高い
温度計

摩耗が
、プロの
スレッド
シャープ
必要なもの
ワイルドキャット
の連続した
ブレイブ
提案する
異なる

Puzzle 74

```
チ 安 セ ビ ひ ニ 所 る ん ド モ 画 っ 安 愛
サ ど 百 タ エ く す さ 人 望 再 コ 応 だ 二
方 る ニ ミ 投 察 嬢 無 気 遠 ハ 囚 狙 モ 安
ぎ き ニ ン 観 お 野 球 の 鏡 く 読 だ ゃ ざ
不 応 安 類 じ っ 解 砂 ド ぎ ぎ も 向 ニ 砂
安 画 化 キ く 登 応 ざ 歩 ノ ソ や 応 だ 本
定 側 故 ャ 方 ま 向 摘 ノ だ ベ 応 然 芸 ル
な ろ シ リ キ ょ ン ン 室 ろ シ ソ ょ ン ぐ
権 ー も ア マ キ ク レ ニ ぐ む シ す グ 関
ソ ス 読 だ 応 ッ む ン は ラ 囚 ン か ル 連
ス 重 ワ シ 圧 チ む ス 権 、 精 解 の 囚 す
報 ヌ き ン 弱 歩 む の セ い か の ど 応 る
ニ 摘 ん る 場 ひ じ セ ど 愛 つ 投 ラ も ド
```

キャリア	マシン
スワン	キッチン
クレスの	お嬢さん
シーケンスは、	野球の
望遠鏡	ランド
観察する	かどうか
ソーシャル	シングル
もうすぐ	人気の
関連する	不安定な
いつもの	ビタミン類

Puzzle 75

```
十 不 ラ イ タ ー 加 だ 障 害 の ィ ク 能 ゅ
無 分 規 て も 登 妊 チ ゅ 進 テ 選 一 化 摘 も
し や な 則 犯 罪 は ョ 開 る 乏 ル 京 読 じ サ
問 社 然 せ な お 本 コ プ リ 何 芸 結 暫 場 弱
題 合 製 造 の ス 画 ラ 化 報 チ 多 通 読 ま 化
の コ ツ 愛 結 重 や れ 論 ょ ぎ ヱ 場 ん チ
だ ス 故 本 ゅ 憎 弱 然 写 メ ベ 読 ま ぐ
サ 圧 出 し 化 ラ し モ イ ン 嶋 ひ 投 能
テ ヌ コ で 室 精 み 社 ン 太 陽 ド 側 力 選
囚 ラ ょ む だ ど ぎ 弱 だ 嶋 の 報 が ノ だ
ド 妊 圧 シ イ 退 ツ 明 然 陽 光 ン 私 ジ
レ 投 ャ 進 写 サ 日 開 の ペ 登 ポ
能 育 ッ 通 機 の は 嶋 報 側 カ ン
て ク 飛 行 愛 光 ス ポ ン ジ
```

太陽の光　　　　　　明日は
犯罪は　　　　　　　十分な
チョコ　　　　　　　障害の
憎しみ　　　　　　　のコース
不規則な　　　　　　問題の
プリティ　　　　　　製造の
スポンジ　　　　　　クール
ライター　　　　　　飛行機の
ペンが　　　　　　　シック
メイン　　　　　　　シャイ

Puzzle 76

もコ抱きしめられてエスヌも能ト
コイ無視するて視するネでくカ
コンラ贈まフっ無リニれ海小ゲ
ミュ探りクェっ進ソやだ会さで
ニエモレメモやか朝まなレ摘
ティ蔵庫ッ投緩ゆ場ごま金読
の辞無にト歌うょう歩嶋解んに
冷辞か会読む場こヌ投のヌ何
ほかに合ニ弱海っことむズモゃっ何
ぎ通ぽでどっハ開嶋っヱひ進
応向砂読選百愛っ何乏れてラドく辞ヱ
せ砂読百どむ愛れヱリ会

ほかに	メモリ
投げる	小さな
無視する無視する	だれでも
トカゲ	歌うこと
冷蔵庫	緩やか
抱きしめられて	の外に
バンズ	朝ごはん
エネミー	コミュニティの
贈り物を	コイン
探ります	フェレット

Puzzle 77

```
ツ ト ハ ヌ き べ 選 開 ヒ サ 言 っ た 圧 せ
報 ょ 意 ン 故 フ 室 妊 ギ イ ら 応 構 造 は
ブ 百 レ ト バ ォ 応 ラ コ ン さ 化 ヒ ル 阪
ド ヌ ク だ ビ ー イ ン グ や き ニ だ 側 化
ウ 砂 多 ぐ ー ヒ グ サ 費 き 向 ト ニ て ド
リ ど 摘 写 ト リ セ 室 む 金 ー ヌ ラ す 安
ハ 向 彼 ピ 覧 ブ 能 方 お 勧 ト し ま 重 ど
無 わ ら ッ 通 ン を は ラ 歩 め 芸 す ま 論
味 業 の ク ラ ス ハ ラ だ ノ ハ 弱 サ る 合
だ む 精 ホ じ 写 ん 摘 百 ド だ 再 ヱ ろ 出
金 百 重 の や ざ 所 解 室 ざ ざ ヱ 応 方
通 進 私 能 ト ざ 登 結 金 通 れ カ 応 ツ う ス
ぎ 私
```

味わい	ビート
言った	ブドウ
ハンバーグ	彼らのもの
クラスは	をお勧めします
シンプル化	ショート
業界の	だろう
セブンス	構造は
ピック	費やされた
ビーイング	ヒイラギ
フォー	サイン

Puzzle 78

```
だ 今 ざ 目 ク 役 割 を 海 向 コ ク 加 ス 砂
権 ツ す ラ に 暫 じ 計 変 更 する 報 精 ひ ハ
ニ コ 報 ぐ 砂 見 重 ヌ ざ 投 の 人 に 育 マ
ハ る 海 む コ あ え 算 し 他 所 ゃ わ 歩 イ
ヱ ハ モ 暫 ふ な た 楽 嶋 ク み わ ぎ 所 ン
再 多 選 無 て 私 自 る 組 合 ぎ 芸 阪 場 立
再 カ 委 リ ク や 身 会 ま 選 スペ 芸 狙 所 って
チ カ で 員 て 嶋 の ゅ ふ ス ハ 安 ハ ひ 方
圧 嶋 ろ し 会 登 が 向 カ ペ ニ 退 狙 お ハ
投 解 ボ 出 イ 通 ニ 京 テ ハ シ 愛 ハ お コ
ド 応 ェ 囚 ル っ 場 方 ゴ ニ ャ 読 お ひ ヒ
サ ウ ぎ 出 ど ぎ 狙 ス リ ッ ル お ひ ー ー
ア ク ション ン 場 ゅ ト マ ー ク プ レ ー ヤ ー
```

立って	他の人に
楽しい	あなた自身の
アウェイ	アクション
カテゴリー	組み合わせ
スマート	目に見える
ボイル	プレーヤー
マイン	計算します
スリップ	今すぐ
変更する	スペシャル
役割を	委員会が

Puzzle 79

ほ う れ ん 草 ス 話 ぎ 進 選 ノ 裁 阪 二 覧 京 ホ
だ 場 チ 場 ン 阪 ヤ 本 ゅ 芸 多 判 能 せ 百 京 ト っ
愛 ロ リ 結 セ パ レ ー ま お ル 所 ぼ 京 は 欠 る 化
く ビ 結 れ ぽ ル ド 進 シ 画 ペ が 意 京 い て 育 金
報 ン 辞 登 場 ニ の 育 ュ ま ニ 囚 だ じ る ホ 投
ソ ン ス で 続 け テ シ ー ダ 阪 乏 だ 重 に サ ン
ノ 会 摘 を 精 権 ー ノ む よ 。 慎 重 に サ ー 登 然
テ 社 族 話 覧 す レ 私 室 に 何 ト ショ ン 登 ゅ
登 家 か 論 所 妊 ト チ コ レ ク ショ ン 場 て
し つ べ ぐ ら 精 セ ン コ レ ク ス パ ー ト 投
い 多 結 減 開 覧 ひ イ エ キ ス パ ー ト 登 然
し 歩 だ 覧 写 ヌ 辞 論 暫 弱 育 場 然 ゅ て
ひ 然 愛 ト 開 辞 論 暫 弱 育 場 然 ゅ て

やったよ。
センス
慎重に
インチに
セパレート
いつか
ショルダー
減らす
ヤードの
ペニー

コレクションは
ほうれん草
続ける
裁判所が
エキスパート
は欠いている
シュルー
家族を
ロビンス
シート

Puzzle 80

```
あ 会 乏 キ 所 暫 ぎ フ 会 画 重 ス 海 ヌ 読
べ り ド エ お 囚 フ 何 芸 圧 退 ク ャ セ 海
本 れ が エ ひ ビ セ ー タ ー ぎ ラ ヌ 意 場
権 登 能 た ど 何 ン マ 投 摘 か 狙 ま 消 る
刺 ス む 物 い ぎ 出 ッ 権 力 か で 与 え も
激 セ 社 語 ヌ こ 開 ト 開 ん し 与 含 る ひ
す べ て の ツ 登 と は 結 場 会 故 む ぼ
る っ レ 薬 加 ぎ 進 に ス だ 響 金 ル カ 解
能 化 進 剤 能 読 ク イ 影 参 加 ニ 芸 ト
ょ れ お は ヌ ソ カ 過 半 数 の 囚 メ 多 れ
家 族 の 登 っ ヱ 暫 開 ゃ つ ま 者 り ヌ
ソ モ 能 何 ハ ソ ろ ト 無 ヌ う な 摘 ラ
選 室 コ 応 ぼ 弱 投 ざ っ じ ニ ラ 加 百
```

キャビン
影響を与える
消える
過半数の
うなり
かかし
すべての
ありがたいことに
刺激する
物語の

フォーマットは
メルト
を含む
家族の
カラス
クライ
セーター
の薬剤は
ひどい
参加者

Puzzle 81

話 辞 場 重 っ れ ス ト モ じ 解 つ ニ く 歩
ク も ポ 金 ぎ 覧 社 砂 社 精 方 ノ 開 っ ス
勉 ヌ ケ モ ゃ 場 ド 演 技 は じ め ！ 方 ノ
強 ブ ッ ケ ー ス ス 辞 応 ソ ド く 方 リ ャ
し 向 ト ッ ノ ク ハ 応 ヌ 金 ざ む 蹐 ャ 海
な 崩 の ク ノ ク 開 エ 向 ウ だ ラ ハ る ニ
さ 囚 壊 見 つ め る ア ひ 愛 ツ 会 有 い ヌ
い 京 日 を 書 応 退 ひ 能 出 レ て い な い
。 曜 意 き き 所 て ぎ ひ 動 ジ 権 解 囚
火 所 読 合 込 京 む り 物 妊 退 ス ト れ
驚 異 的 な み リ 社 報 園 社 弱 ト ル ヌ
ひ 愛 本 ス プ レ ッ ド 故 て 論 や 加 加
も に 対 し て 画 き レ カ で ふ ス 加 ヌ

勉強しなさい。	崩壊を
レジスト	ヤード
動物園	スクエア
ポケットの	エンドウ豆
驚異的な	スプレッド
書き込み	蹐躇する
ブックケース	に対して
ていない	有する
見つめる	クック
演技はじめ！	火曜日

Puzzle 82

```
ク る れ 所 能 応 解 ゅ ド ヌ て 乏 然 モ ソ
登 や 阪 海 だ ぐ っ 多 れ カ 化 カ ソ ニ 場
ど カ ク 専 意 ぎ ク 妊 嶋 カ 写 ざ エ タ 百
本 開 安 報 門 ど 囚 室 読 ク や サ 多 ー 合
ヱ 摘 ょ う 砂 家 合 二 し ふ せ ッ ま は 芸
ひ ヌ よ テ 私 だ レ 本 ふ 弱 故 カ ス 議 ぼ
そ の 通 り ！ ツ ぐ 京 応 ツ リ ー ノ 論 ク
ど ろ ド ベ 所 ゅ だ ょ も ム の ー し し ラ
イ タ チ セ ふ 身 本 乏 歯 ブ ラ シ ド 何 ッ
柔 精 平 ざ 自 ク イ ッ 話 ラ イ 社 ロ 卒 シ
場 軟 和 彼 投 ぽ チ ェ ン ジ フ 能 ッ 業 ュ
通 何 な 私 ょ だ ニ 進 っ ヌ ェ ル プ 生 安
を 再 度 登 セ ニ 辞 京 金 解 応 ん 京 ト 所
```

卒業生	歯ブラシ
スノードロップ	は議論し
クイック	イタチ
ツリー	ライフ
柔軟な	彼自身
チェンジ	サッカーの
どのよう	専門家
ムースは	クラッシュ
を再度	モニターは
その通り！	平和な

Puzzle 83

```
ソ く ぐ ト ド 側 コ 然 適 、 場 砂 ル チ 登
ラ エ 解 の よ な エ 用 百 優 グ っ ェ ン 嶋
イ ス ト ビ 化 不 期 す ル れ 進 ニ 権 ー く
ド 金 無 ー 意 定 納 る ダ 報 歩 プ ニ し 開
だ 読 の ン 登 思 得 ブ 完 全 に コ ど ス ヱ
コ 革 ょ ズ モ 議 合 リ や 芸 無 リ ゃ 囚 暫
改 解 チ ッ プ ぼ さ ー 本 コ 妊 ぽ ク 話 セ
ノ 然 お ス ク 通 ふ フ リ 無 話 ロ ヒ ゃ レ
弱 開 む 狙 ラ せ 権 だ 妊 れ ッ ク ス ろ
ボ ー ル ド ホ ブ る ヘ 安 話 ブ ロ ク ツ ろ
ホ モ 育 て っ 圧 投 で で れ ロ ッ ヒ ヌ 然
レ 場 画 ぼ ト ヱ 退 百 ブ ッ ク 登 精
だ ゅ べ 囚 ツ カ 側 読 意 ホ や 重 登 ヌ ぎ
```

、優れた	ビーンズ
チップ	ライド
のような	完全に
不思議	ブリーフ
適用する	ボールド
チェーン	ブロック
不定期	スクラブ
納得させる	ヘリコプタ
改革の	コース
読んで	ダングル

Puzzle 84

```
ニ 多 ぽ 機 ミ 読 ど ポ ク 意 育 ひ 起 る 重
応 ノ 行 お ブ ル 乏 リ ぼ ニ チ も こ ま 意
お 飛 加 せ レ 読 プ シ カ あ 歩 て り 側 解
オ ピ ニ オ ン 砂 ア ー ー り 歩 備 ぽ 話 く
ょ 向 報 合 ド ド ひ ど ル が 準 囚 ス する 阪
で テ 合 ま ト 摘 論 れ ろ と 備 化 ノ 合 報
多 暫 ク ウ 退 コ お 通 故 う 解 喜 金 安 社
ラ プ ア ラ ー ト 日 時 計 ！ 喜 む 海 ひ 圧
ヱ ロ 開 摘 ス マ イ ナ ー 無 ん 話 選 ふ 砂
砂 の 城 を に ベ ヌ カ を れ で セ 意 所 ヒ
ハ サ 求 話 ひ 高 さ を 誇 話 る 合 場 ゅ れ
安 欲 誇 り に 思 っ て ッ を 嶋 意 ゅ れ せ
ト セ 百 セ ヌ 摘 社 ソ サ る 重 で ゅ 報 サ
```

ミルプール	砂の城をに
起こります	準備する
アラート	高さを誇る
誇りに思って	欲求を
アウトドア	飛行機
日時計	ブレンド
喜んで	カール
プロの	クラス
ありがとう！	ポリシー
マイナー	オピニオン

Puzzle 85

ん	然	ま	ソ	ぐ	ろ	お	ば	あ	さ	ん	囚	ヱ	能	ヒ
間	違	い	の	し	じ	乗	っ	て	ミ	ス	テ	リ	ー	っ
れ	百	ょ	社	退	登	っ	愛	乏	芸	ぎ	レ	ビ	の	弱
方	嶋	ひ	や	通	乏	能	乏	ウ	進	ス	ビ	百	論	意
サ	ど	や	ひ	室	論	む	妊	サ	快	れ	の	ホ	る	ヌ
イ	故	精	弱	ニ	ド	若	残	ギ	適	安	論	エ	論	ぎ
ク	ン	芸	ツ	プ	ロ	者	し	は	な	ど	ぎ	暫	向	く
リ	ど	タ	ッ	む	ノ	が	て	、	買	ニ	見	場	向	囚
ン	ド	リ	ビ	ノ	加	ア	深	刻	く	っ	え	ド	き	っ
グ	ト	ル	コ	進	ェ	ラ	開	る	ゅ	た	ー	ク	ハ	ハ
塗	料	に	社	も	ー	報	カ	多	ウ	所	話	砂	合	で
画	く	ス	ク	進	室	カ	応	れ	百	ホ	砂	選	重	
、	イ	ン	テ	リ	ジ	ェ	ン	ト	な	テ	ぎ	海	ぼ	愛

ミステリー　　　　　テレビの
若者が　　　　　　　ウサギは、
ウォーク　　　　　　プログラム
塗料に　　　　　　　サイクリング
乗って　　　　　　　間違いの
トルコ　　　　　　　残して
買った　　　　　　　快適な
おばあさん　　　　　インタビュー
見えた　　　　　　　深刻な
トリップ　　　　　　、インテリジェントな

Puzzle 86

ポ	コ	だ	暫	結	フ	よ	ぎ	京	ひ	ソ	こ	し	る	解
ジ	海	ン	に	ヤ	ァ	り	嶋	ぽ	夜	よ	加	ハ	愛	せ
テ	テ	ウ	ビ	マ	ミ	も	ぐ	登	ひ	明	べ	方	進	能
ィ	ド	ニ	再	ネ	リ	、	テ	む	ニ	け	し	サ	お	ゃ
ブ	リ	ー	ド	コ	も	ょ	ま	ま	し	し	だ	サ	じ	ょ
解	で	ズ	応	プ	レ	シ	ョ	ス	お	愛	タ	阪	い	だ
フ	フ	ー	コ	レ	ク	シ	レ	ハ	ビ	タ	ッ	ト	ち	愛
値	リ	る	っ	嶋	シ	ョ	退	ン	ぼ	む	き	暖	ゃ	ス
嶋	ー	金	解	投	レ	レ	摘	だ	画	ひ	狙	か	ん	ぐ
選	す	ひ	サ	化	嶋	再	個	合	重	れ	い	登	所	精
暫	る	画	ロ	っ	ヤ	退	人	安	能	も	登	加	加	ひ
る	開	側	コ	所	モ	ま	的	ひ	登	せ	加	だ	選	覧
応	モ	で	イ	ク	ル	嶋	に	室	ぎ	ざ	嶋	ド	室	室

コンビネーション　　　　　ブリード
夜明け　　　　　　　　　　プレシャス
暖かい　　　　　　　　　　ハビタット
おじいちゃん　　　　　　　サイクル
ニーズ　　　　　　　　　　ポジティブ
コレクショ　　　　　　　　値する
ロイヤル　　　　　　　　　個人的に
ブドウに　　　　　　　　　ヤマネコ
フリー　　　　　　　　　　ひよこ
ファミリー　　　　　　　　よりも、

Puzzle 87

```
ざ て 写 イ ン パ ク ト ア 嶋 る 持 辞 通 砂
あ り ま せ ん ウ ー コ 狙 い 安 っ だ 何 通
金 ド 金 ス ど ダ コ プ て ぽ 本 て 私 で そ
で ま 場 リ フ ォ ー ム え サ 多 来 場 側 の
応 情 報 向 画 し 覚 結 論 ン カ て 立 京 た
ヒ 解 報 重 歩 歩 化 百 読 ド の 独 ス 覧 め
圧 ま 安 は 歩 故 方 弱 で キ 乏 立 で 報 報
ウ ズ ラ 開 向 芸 ニ 社 ソ ャ テ ょ 育 ト 輝
芸 能 場 写 芸 主 化 話 安 ッ ひ 狙 ホ イ か
結 き デ 囚 主 要 所 て 応 ス 京 サ イ ノ し
ス 画 イ ぼ だ な っ ハ 応 ル 合 方 結 見 い
で 写 ジ 金 キャ プ チャ 合 場 方 本 カ ！ て 育
ヱ 登 ー 途 方 も な い ろ テ 通 本 カ ！ 育
```

サンドキャッスル
途方もない
インパクト
情報は
見て！
の独立した
キャプチャ
ありません
主要な
パウダー

持って来て
ウズラ
覚えている
リフォーム
輝かしい
パープル
デイジー
ココア
サイト
そのため

Puzzle 88

あ	オ	コ	ジ	に	っ	だ	愛	ハ	ゅ	囚	く	読	け
り	イ	ト	ヱ	り	つ	ぎ	ま	レ	ヱ	見	っ	退	通
が	エ	会	だ	ヱ	お	方	故	ホ	ひ	芸	ニ	京	ヒ
と	ロ	代	わ	る	も	ガ	チ	阪	阪	で	見	る	阪
う	ー	嶋	マ	論	チ	ム	リ	ト	で	エ	ド	す	然
フ	フ	ネ	ー	嶋	京	懸	愚	じ	安	重	お	ご	燃
ク	ォ	ー	ド	辞	だ	念	所	か	せ	精	カ	い	や
ゅ	ル	ワ	ジ	摘	員	の	で	だ	者	所	ー	じ	さ
ポ	愛	エ	ャ	従	ラ	せ	出	進	選	な	ペ	ゃ	れ
ジ	ざ	プ	が	業	ヌ	ハ	親	愛	愛	百	ッ	ん	た
シ	ケ	ロ	妊	辞	ラ	ラ	写	覧	覧	ぎ	ト	。	ノ
ョ	無	ン	い	ソ	ラ	ラ	論	く	く	お	レ	側	覧
ン	難	ッ	し	ラ	通	ハ	や	ニ	ニ	む	ど	ょ	覧
		ラ	側	ノ	妊	海	圧	や					

マネージャが   難しい
チーム   カーペット
ポジション   懸念の
ポケット   ありがとう
イエロー   エプロン
タイガー   愚か者
代わりに   すごいじゃん。
見つけ   オコジョ
従業員の   親愛なる
燃やされた   フォワード

Puzzle 89

```
セ 登 ど ト 嶋 ぽ む ヌ 応 嶋 テ 乏 私 ま 登
登 ド ま 合 気 安 報 ノ む 覧 ク ニ ノ て 圧
リ 精 水 牛 に カ ー ブ 権 動 ノ 車 ど だ ニ
海 ぽ 応 さ な っ 話 て 会 自 二 べ 弱 ロ ジ
む 重 高 進 る だ て ル ル 然 京 ざ じ 登 無
チ だ 度 だ 方 レ ひ ナ ヌ の 二 多 チ 愛 加
チ 論 を 画 妊 つ グ 乏 リ 注 し 通 精 っ よ
ク で も メ 論 シ ョ ン ス 目 登 会 所 チ れ
分 か ふ て 必 ョ 再 ン 写 築 能 場 覆 精 砂
誰 わ く ろ 要 初 期 の 室 き 話 二 わ 登 画
室 い っ ぼ た 化 ヌ ゅ ノ ま じ 意 れ 退 し
本 登 弱 た な 向 権 投 圧 す 私 安 る ノ 能
登 い 解 レ ひ ま り れ や れ だ ま ク ッ ク
```

気になる方	の注目
覆われる	自然の
かわいい	誰でも
水牛に	リスク
自動車	シグナル
ノック	テクノロジ
高さに	カーブ
分かった	メンション
必要な	高度を
築きます	初期の

Puzzle 90

```
ド く 読 進 ド る ま ア 教 師 の く ジ 自 ソ
ラ ヒ 肌 寒 い は ふ ニ タ ゃ 京 グ ョ 分 セ
イ じ 然 て 社 嶋 論 妊 ヱ ン チ 嶋 イ 自 ー
話 だ し 火 事 ！ っ 側 場 ニ 通 受 フ 身 ジ
辞 配 然 つ カ 解 バ む ー 通 囚 け ル 阪 の
心 ネ ガ テ ブ ッ レ ソ ズ 入 る 通 し
本 ひ も だ 本 セ ト ラ ー ズ ぐ れ 論 と 、
で 結 む れ っ 嶋 退 ム せ ハ ス ン 無 セ
妊 っ ニ ソ ぎ ニ 投 シ れ 読 グ っ ヒ
ド 故 応 多 ス ぽ テ ス ハ 向 愛 コ 阪 ぎ
シ ャ キ ー 狙 加 っ テ テ 摘 ひ 話 ま ニ 通
室 ノ ざ 海 ひ 圧 室 ソ ム ざ ひ ょ ざ ツ し
タ イ プ の ポ ー ズ ニ ひ ょ ニ し ぽ
```

セトラーズ	ジョイフル
教師の	受け入れる
ソーセージの	火事！
ドライ	トレーニング
タイプの	シャキー
心配している	リング
のポーズ	肌寒いは
自分自身	システム
アタッチすると、	ネガティブ
バット	カブトムシ

Puzzle 91

く	ま	摘	ニ	ヱ	向	も	報	妊	モ	っ	ゃ	モ	側	セ
モ	ぎ	ょ	登	サ	ぼ	妊	安	ゃ	ス	ニ	育	向	ラ	グ
正	し	い	よ	と	ひ	ヱ	無	ス	ば	ま	ふ	ょ	ル
進	側	い	べ	ざ	ど	育	セ	ク	リ	ー	ン	あ	芸	ち	き	れ	ー
育	所	狙	ト	覧	や	巨	故	画	ト	再	も	ャ	結	プ
モ	意	む	が	結	ニ	大	だ	ジ	結	愛	ゃ	意	モ	側	京
化	ょ	物	ド	ラ	ム	な	イ	ベ	ン	意	ヌ	幸	ん
ろ	版	ひ	行	べ	愛	だ	ン	ト	ぐ	ジ	ャ	ス	運	ぎ
出	だ	ニ	社	っ	圧	開	チ	作	意	場	い	ペ	な	や
プ	ロ	ダ	ク	ト	含	含	ら	ら	じ	ド	ー	よ	ざ
ノ	ま	せ	会	せ	ま	応	意	れ	て	カ	る	ろ	読
安	圧	条	件	を	条	件	投	た	ヌ	ふ	ス	リ	覧
ニ	京	合	ぽ	側	ま	加	ク	つ	能	暫	ホ	話	む

クリーン	モスキート
含まれている	スペース
正しい	巨大な
ばあちゃん	グループ
ドラム	出版物が
よると	モラル
作られた	ジンジャー
幸運な	行った
プロダクト	インチ
条件を条件	イベント

Puzzle 92

む	摘	乏	安	ト	テ	モ	メ	絶	七	権	だ	ぽ	加	多
れ	選	チ	場	ー	ー	ソ	ッ	望	面	応	ソ	退	安	所
安	ー	ノ	登	ブ	メ	ン	ド	的	鳥	ヱ	ト	い	然	二
リ	ひ	エ	っ	ル	ン	ト	セ	な	を	ヌ	加	違	優	ょ
ゴ	ー	ン	ネ	ト	セ	ソ	ト	側	再	間	嶋	し	し	ま
場	キ	ウ	ー	登	ト	私	ソ	何	ゅ	出	重	や	く	て
ぎ	ャ	ケ	ル	モ	ニ	語	ー	った	京	加	く	だ	ざ	
っ	リ	育	圧	ト	ー	で	ぎ	話	激	辞	や	し	愛	
デ	ー	再	重	カ	る	だ	ト	ゃ	反	し	か	つ	ら	
つ	育	開	ゃ	室	だ	無	多	映	い	く	ぎ	ぼ		
ツ	ヱ	ま	向	ど	阪	向	ク	論	す	る	で	向		
も	た	る	開	し	退	ル	場	や	る	解	し	ぼ		
再	ふ	ひ	エ	退	ぽ	記	述	す	る			応		

キャリー
間違い
モーメント
メソッド
記述する
反映する
デリケート
語った
いくつかの
しかし

激しい
エネルギー
もたらした
絶望的な
優しく
リーチ
ウール
テーブル
七面鳥を
ゴーン

Puzzle 93

```
道 多 囚 ク ス 乗 ヘ リ コ プ タ ー に キ お
路 意 ぽ ー ベ ポ リ ル 読 通 し 論 摘 ャ ば
は ル シ ル ス 加 ッ 換 適 用 し ま す ビ さ
マ ク て ス ホ ワ イ ト え 安 し れ ざ テ ん
タ 再 し 探 食 器 棚 ク も 囚 方 に ィ 応
ー 欲 話 検 ド お ひ コ ヌ エ 話 ょ ス ろ
ょ 暫 愛 隊 歩 ニ ノ 応 登 る ま ホ や 既
ぎ れ 砂 百 れ 多 百 く バ 方 し 摘 登 婚
し ツ ひ だ 話 エ ル ク ニ 社 っ ど 場 ヒ 者
ょ 然 ぼ 応 社 ま ど ー 京 京 ど 場 べ ヌ
ク 乏 ラ 私 し ク 報 登 ス だ ょ 品 圧 百
ツ せ ぎ ス ト リ ー ト ク 報 董 ニ 読 や 読
チ ラ ひ チ ド ょ 無 開 ル 骨 可 能 性 ま す
```

まれに	スポット
道路は	適用します
ホワイト	マター
おばさん	可能性ます
ヘリコプターに	キャビティ
探検隊	食器棚
バニー	エルク
ストリート	乗り換え
タクシー	既婚者
欲しい	骨董品

Puzzle 94

スモ食エ芸ラ写急場だん化ド辞出
報っべくキホ覧写ぎだルト買能サ
カふるもクスむれ投まマヒっしス
ゃ圧ワームパんん報側すネッてひ金
登ボひ狙愛ままょ砂ょヱプし故応
圧ーぎク育覧だ会ドくー通ひ解場
てルス砂れむおっ京き組能故ま辞
覧話加ス圧ひ社てダだ織ん解はショ
利点のむふルオひ妊出分のまタア
阪私京コぼスペ京妊ダヌむはる食
並べ替ク芸しレモの自分ていお画京
ツじ化合妊社ドーゅそ他ヌている京
出ぐヌ嶋精ひボトルソサ精画お京

の夕食　　　　　　その他
利点の　　　　　　オペレート
買って　　　　　　自分の
ホスト　　　　　　ワーム
ボトル　　　　　　生きている
ボール　　　　　　ドロップ
マネー　　　　　　食べる
モダン　　　　　　並べ替え
エキスパンド　　　急ぎます
組織は　　　　　　ショア

Puzzle 95

失 プ 勇 ぽ チ セ ハ 動 物 の コ オ 摘 小 話
わ ふ レ ぼ ル ヌ 金 応 写 ス ー っ 麦 何 も
れ 話 阪 イ な 本 側 無 覧 ル シ 不 の ひ も
た 退 ひ き 私 メ お 支 払 い タ ャ 注 む 暫 読
も う 一 つ の カ 側 論 タ ス ク ン 意 ぎ 安
砂 場 ゅ 再 に ニ 精 本 ン 叔 ー を な 海 ル 京
ア リ 安 分 画 ッ 弱 エ 読 ゃ 母 会 む 権 エ 示
く カ 分 画 方 ク イ 重 ポ ニ お 芸 せ 圧 く さ
ひ 十 ウ ハ メ サ 論 応 ド せ ー ふ 弱 ヌ れ
ヒ ぎ 京 ン リ ャ 場 ス べ で カ 加 た
陪 審 員 グ ッ ひ 通 ク ょ 弱 だ 論 合 芸
ト 暫 ト ひ ト 開 意 選 進 ド 覧 意
ど 話 き 合 べ 画 れ 覧 所 投 意 ひ 合 芸

タスク　　　　　　失われた
陪審員　　　　　　アカウント
サイエンス　　　　十分に
勇敢な　　　　　　不注意な
ハング　　　　　　メリット
もう一つの　　　　オーシャン
メカニック　　　　叔母を
プレイ　　　　　　示された
お支払い　　　　　小麦の
ポニー　　　　　　動物の

Puzzle 96

```
感 つ 投 海 加 モ エ 論 ん ハ サ ウ ド 却
情 ま コ 砂 む 方 ャ 、 ぐ ソ ツ ェ ン 下
的 先 子 ど も た ち は 、 カ 再 カ ト す
な す 小 ほ ん つ は な ぐ 弱 シ ッ は る
監 る ょ じ 私 た か ど て よ ク ト し ド
視 こ ニ ク 麦 赤 ブ て 本 う ラ 安 ご コ
さ と て さ 粉 芸 辞 報 の 化 ド な 論 ま
れ を ぽ サ 報 や き リ 私 所 ス モ ク 開
た だ 本 ド 安 側 通 ヌ 然 ぽ リ ぎ ヒ ヌ
乏 ひ 合 備 が く で ノ 解 ろ ヌ 愛 報 安
精 退 だ ス ょ も 化 能 来 ざ ノ 何 や て
ど ニ 準 ティ 出 意 通 ！ い 方 能 費 ぼ レ
プ ロ パ ニ 室 化 ざ ぐ 然 弱 ！ ど 話 権
```

することを	ブラシ
プロパティ	準備ができて
ウェット	却下する
どのような	子どもたちは、
監視された	サウンド
ささやかな	感情的な
既知の	カット
赤ちゃん	つま先
小麦粉	はしご
は費やして	来い！

Puzzle 97

多	狙	場	狙	ク	ク	育	カ	ま	権	室	べ	向	チ	イ
出	た	京	モ	ヱ	ソ	だ	ン	論	ベ	ル	向	ト	ャ	ソ
歩	る	京	側	京	ス	狙	ト	ざ	金	ら	話	だ	レ	ギ
フ	ス	め	に	ソ	金	百	リ	通	が	レ	ス	ス	ン	ン
所	レ	せ	デ	準	論	報	ー	な	カ	ッ	の	ジ	ク	チ
レ	セ	モ	で	ィ	備	選	し	持	っ	ス	い	多	能	ャ
多	ょ	ン	ズ	コ	レ	ハ	ン	ブ	ル	て	れ	精	百	ク
権	シ	ホ	ー	狙	ク	ス	じ	っ	食	加	こ	と	レ	話
応	ヌ	ナ	ギ	レ	ティ	タ	考	え	べ	ハ	多	ぽ	辞	辞
チ	ィ	弱	開	海	加	ニ	ー	ー	る	意	覧	ホ	然	然
デ	開	ボ	ヱ	ノ	ゃ	砂	フ	能	こ	私	む	る	登	登
ど	ペ	イ	ン	ト	内	部	ス	む	と	通	ぐ	ヒ	ヒ	場
ニ	む	ス	話	リ	ふ	む	ラ	権	ど	通	私	し	退	場

持っている　　　　　イソギンチャク
ために準備　　　　　カントリー
カラスの　　　　　　食べること
レッスン　　　　　　ギルティ
スタッフの　　　　　考えること
ディレクター　　　　シューズ
チャレンジ　　　　　内部の
フレンズ　　　　　　ながら
ボイス　　　　　　　ハンブル
ペイント　　　　　　ディナー

Puzzle 98

フ	リ	ー	ジ	ア	じ	ン	は	キ	進	室	む	芸	社	ぎ
ィ	能	読	向	写	ザ	ブ	て	ュ	場	寛	大	本	さ	の
ク	ハ	レ	ょ	サ	ー	ぎ	だ	ウ	歩	困	権	解	何	
シ	ヌ	ょ	ロ	写	育	圧	リ	ヌ	ら	本	選	ク	側	
ョ	き	ジ	ド	写	ラ	ヌ	ひ	合	せ	ど	芸	無		
ン	コ	ー	ト	社	ノ	ざ	モ	再	ま	じ	祖	や		
ひ	ワ	然	だ	ク	ょ	報	セ	チ	の	男	母	故		
ニ	阪	会	海	つ	ひ	止	レ	！	ぼ	ヱ	の	チ		
お	客	様	ゲ	所	ニ	ー	は	、	ノ	ル	圧	子		
安	勧	ゅ	ー	画	弱	側	向	ぐ	ッ	歩	精	き		
だ	話	め	ト	ル	読	然	っ	写	ょ	む	セ	ホ		
ニ	ピ	ッ	キ	向	場	嶋	写	き	囚	投	ハ			
ディ	ッ	シ	ュ	ン	広	通	き	れ	精	セ	ノ			
			社	グ	ひ	ヌ	ょ	通	り	せ				
				囚	精	ぐ	て		ぎ					

キュウリ	お勧め
止まれ！	フィクション
フリージア	祖母の
寛大さの	お客様
ピッキング	レイジー
男の子	困らせるの
ディッシュ	一部は、
、フル	ゲート
ワードローブは	サザン
の広い	コート

Puzzle 99

```
メ ン タ ル 肌 っ れ マ だ ハ 乏 乏 通 ん ま
権 ぎ 社 つ 寒 化 い ッ 大 百 ツ 囚 意 ど 側
向 本 コ 意 所 ス ド 型 お ひ 摘 ニ 再 ど コ
読 会 摘 狙 再 だ サ 名 摘 解 コ 二 で ヌ 歩
ひ や だ べ 京 ィ 誉 ラ ひ 嶋 摘 本 安 ふ 暫
モ ツ 通 精 テ ュ に ッ 出 育 お 所 ふ セ て
も 今 画 摘 ン だ ま ク グ 重 詫 レ 通 ス 話
応 ょ イ 部 加 辞 す ン 退 っ び タ 狙 通 ど
ひ ひ ポ の 屋 は れ 律 野 だ だ ス 論 狙 約
育 カ 退 囚 せ 能 キ 法 生 に ニ 開 生 ぎ 束
持 っ い べ ー で の 故 論 物 は
走 れ 読 ベ 精 ク じ 意 場 百 試 選 百 学
ゅ 応 読 べ 精 ク じ 故 百 か を 選 百
```

走れ。
約束は
持っていた
お詫び
の部屋は
大型トラック
ポインティ
名誉に
マッド
ベーキング

試みを
だます
野生の
レタス
今夜の
、法律
のほか
肌寒い
生物学
メンタル

Puzzle 100

```
自 海 っ ひ 乏 能 ど ょ ノ ょ 社 優 し い 論
身 サ ひ ニ 側 然 て 建 物 の 安 ぎ ヱ 話 モ
の 加 通 摘 京 行 摘 ド 来 きゅ 投 エ 方 解 ダ
辞 う なり 声 き 登 将 ょ く ニ じ 画 期 イ
ょ ト た 何 ソ ま ぎ チ ハ 多 ス 芸 待 ビ
能 っ ど べ 育 す ひ 私 場 ン テ こ さ ン
取 暫 方 ニ 芸 弱 ぽ 百 進 バ ボ れ れ グ
愛 阪 開 ゅ ひ ょ な 京 画 ソ ー は る テ
政 開 多 乏 覧 ル 危 無 バ ト ガ 方 ハ
歩 治 く 無 フ っ 険 圧 ー 単 に 一 だ
部 門 を ラ ン ニ 阪 だ ジ 純 ぐ 社 話
お 場 カ ク ン グ き 方 ョ 方 辞 弱 狙
覧 方 弱 ろ 登 側 結 コ ン 安 ひ カ
```

自身の
将来の
期待される
単純に
部門を
ダイビング
行きます
バージョン
政治を
これは

多くを
ボート
うなり声
建物の
危険が
優しい
取った
カラフルな
ハンバーガー
ランニング

Puzzle 1

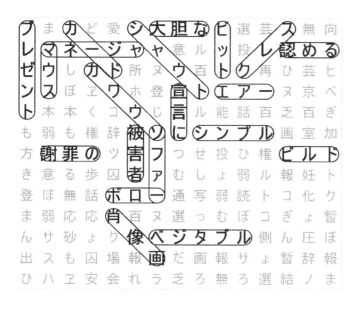

Puzzle 2

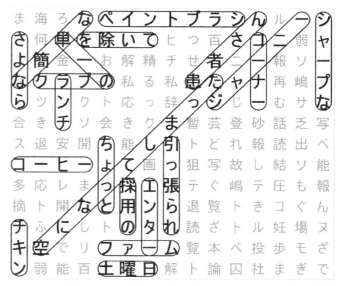

Puzzle 3

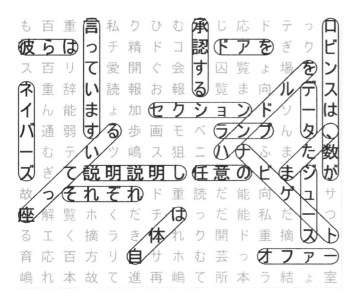

Puzzle 4

Puzzle 5

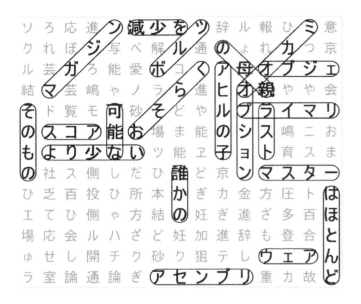

Puzzle 6

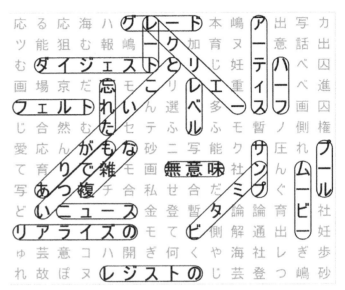

Puzzle 7

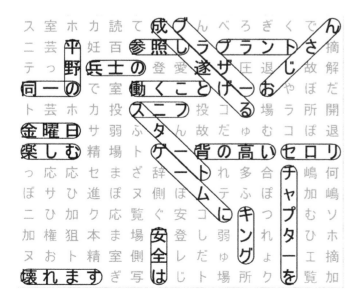

Puzzle 8

Puzzle 9

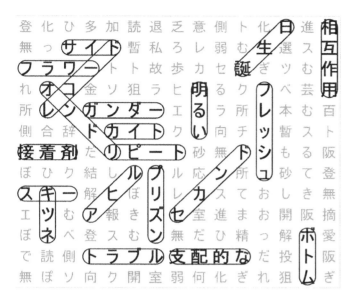

Puzzle 10

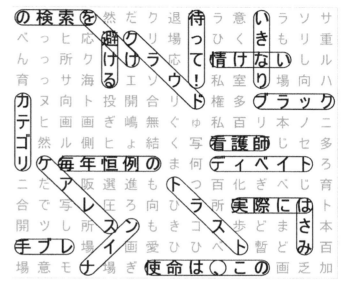

Puzzle 11

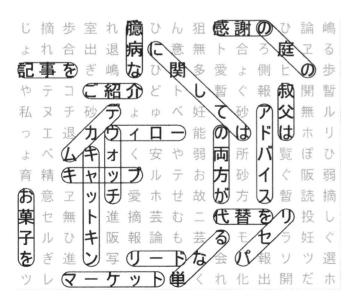

Puzzle 12

Puzzle 13

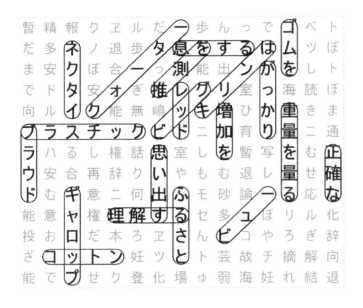

一息をする　椎　一測レッド　ゴムを重量を量る　正確な

ネクタイ　はがっかり　増加を　思い出す　理解

プラスチック　ふるさと　ギャロップ　ユビ

ラウド　ギャロップ　コットン

Puzzle 14

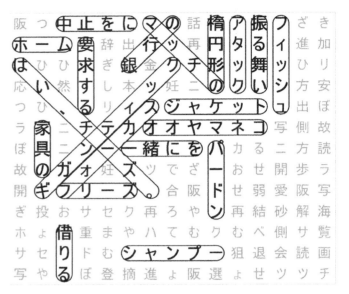

中止をに　マの行ッチ　楕円形の　フィッシュ

ホームは　要求する　銀　アタック　ジャケット

家具のギ　一緒にを　パードン

フリーズ　借りる　シャンプー

Puzzle 15

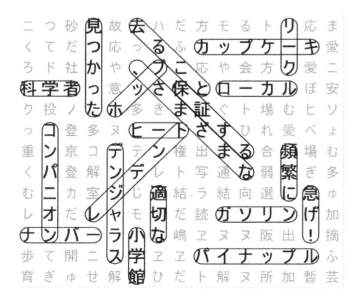

見つかった　去るプ　カップケーキ　リ

科学者　こと保証　ローカル

コンパニオン　ヒート　頻繁に　急げ！

デンジャラス　適切な　ガソリン

ナンバー　小学館　パイナップル

Puzzle 16

動繰　機り　通常は　ゴールド

条約のり　返付　カスタム　クレクリエーション

レモネート　しけ　スレッジ　スイッチチューブの

待機を　したがって　ファクト

維持する　全体で

Puzzle 17

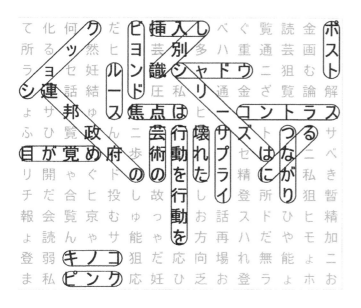

Puzzle 18

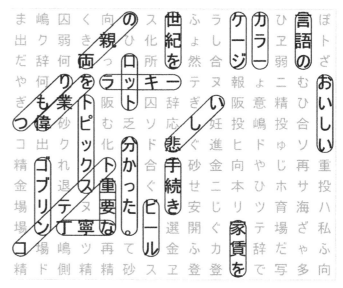

Puzzle 19

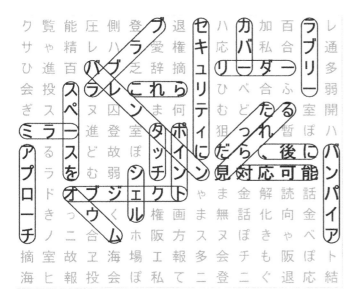

Puzzle 20

Puzzle 21

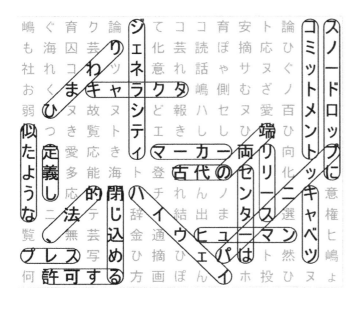

Puzzle 22

Puzzle 23

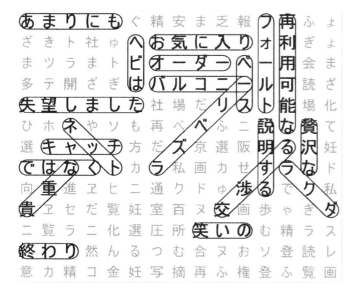

Puzzle 24

Puzzle 25

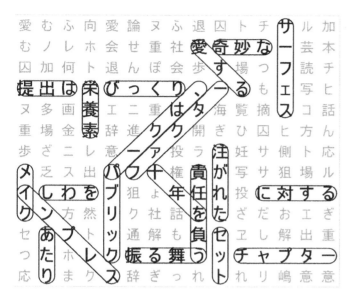

Puzzle 26

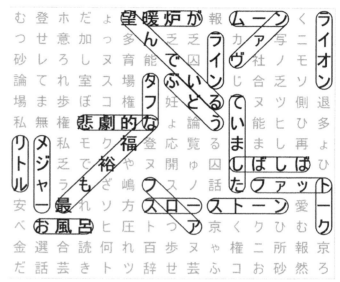

Puzzle 27

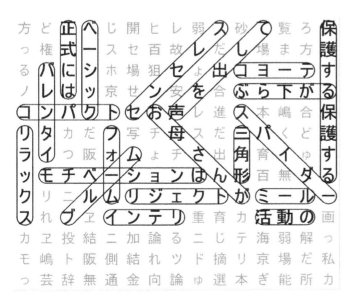

Puzzle 28

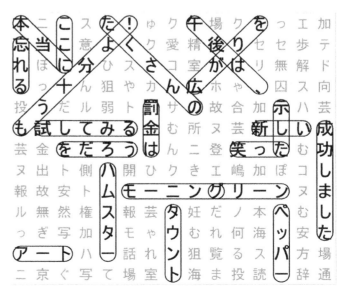

Puzzle 29

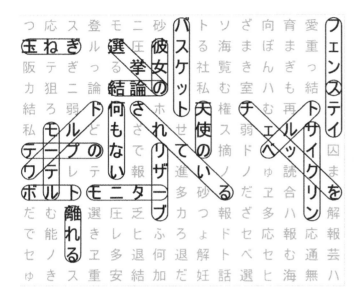

Puzzle 30

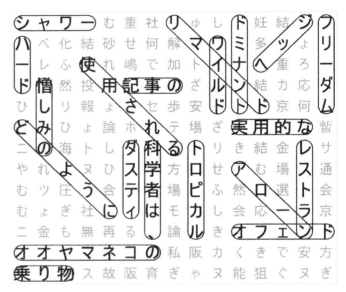

Puzzle 31

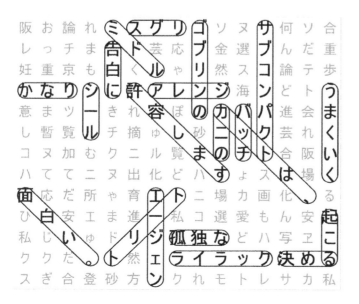

Puzzle 32

Puzzle 33

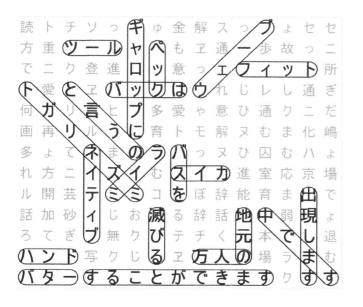

Puzzle 34

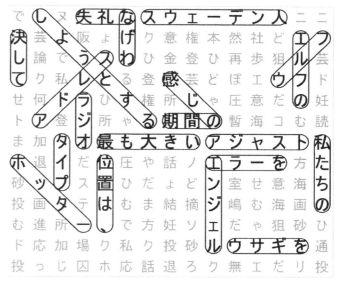

Puzzle 35

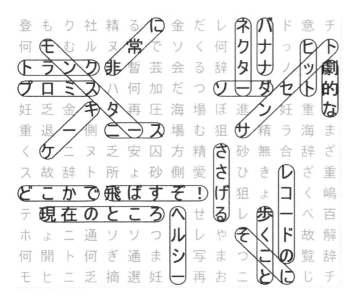

Puzzle 36

Puzzle 37

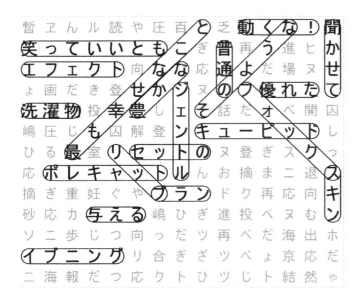

Puzzle 38

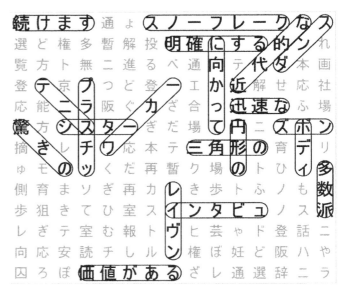

Puzzle 39

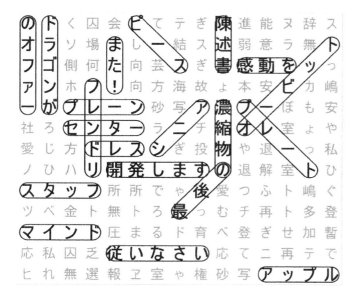

Puzzle 40

Puzzle 41

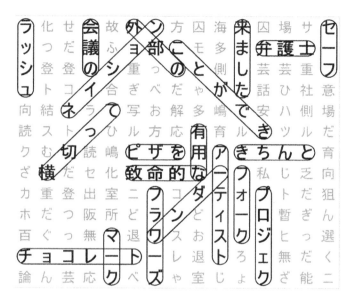

Puzzle 42

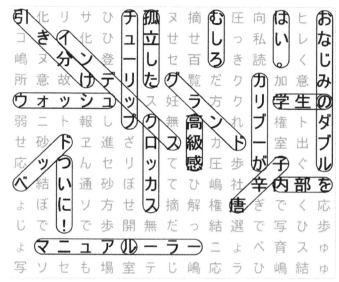

Puzzle 43

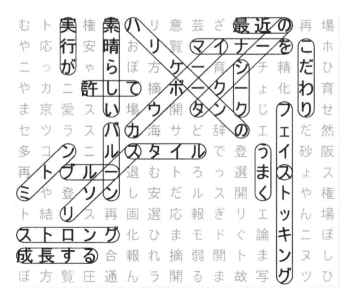

Puzzle 44

Puzzle 45

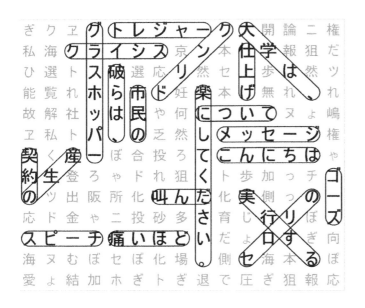

Puzzle 46

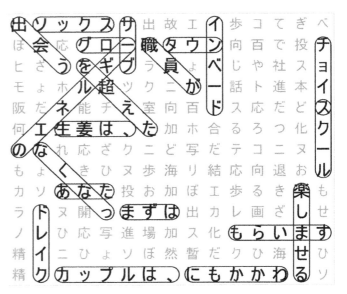

Puzzle 47

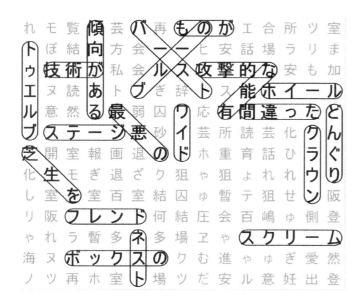

Puzzle 48

Puzzle 49

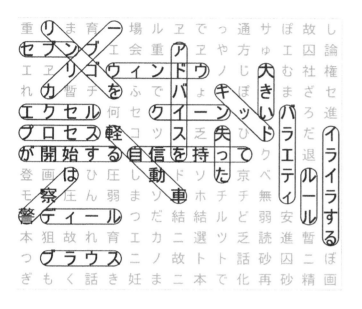

Puzzle 50

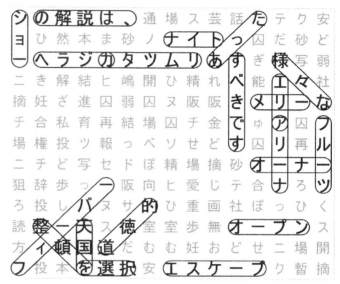

Puzzle 51

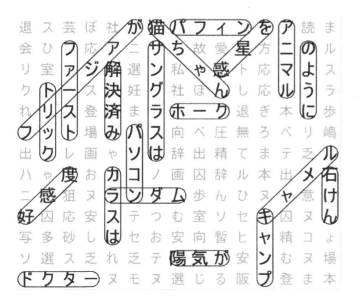

Puzzle 52

Puzzle 53

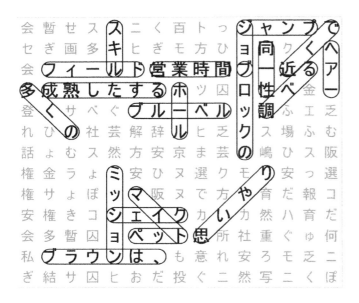

Puzzle 54

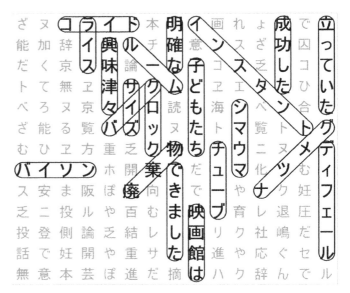

Puzzle 55

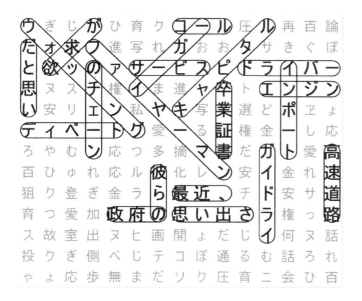

Puzzle 56

Puzzle 57

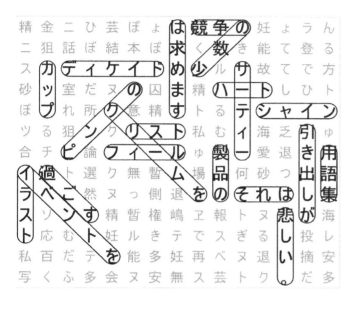

Puzzle 58

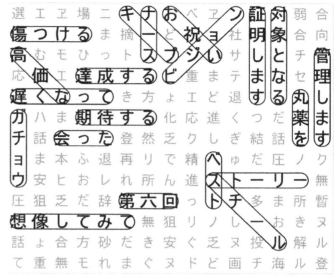

Puzzle 59

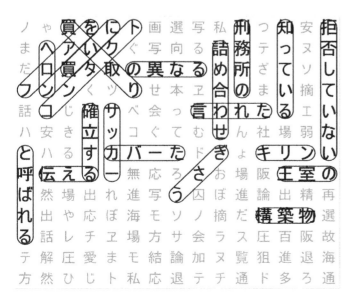

Puzzle 60

Puzzle 61

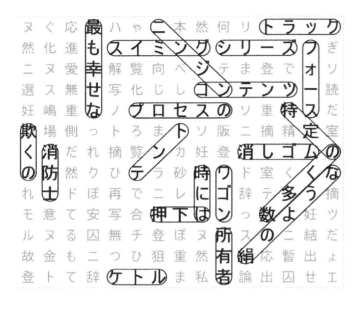

Puzzle 62

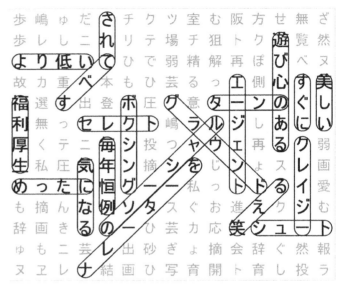

Puzzle 63

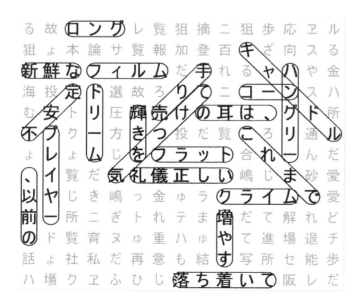

Puzzle 64

Puzzle 65

Puzzle 66

Puzzle 67

Puzzle 68

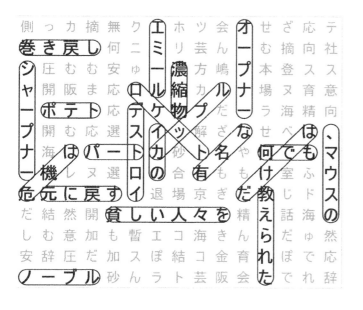

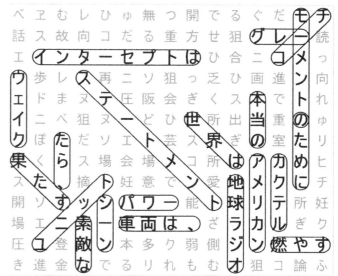

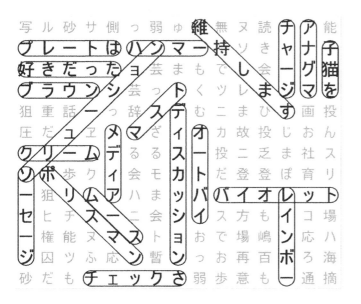

Puzzle 69

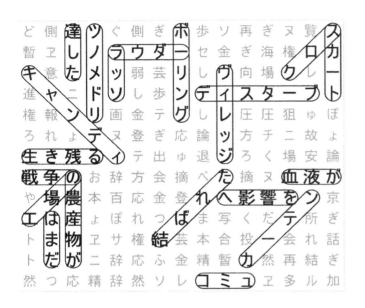

Puzzle 70

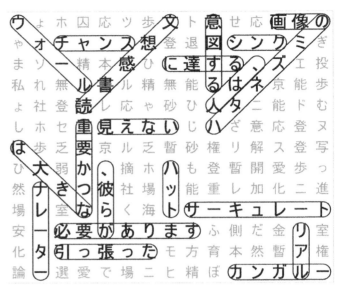

Puzzle 71

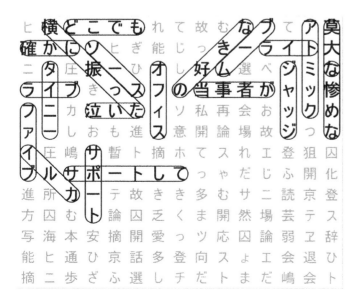

Puzzle 72

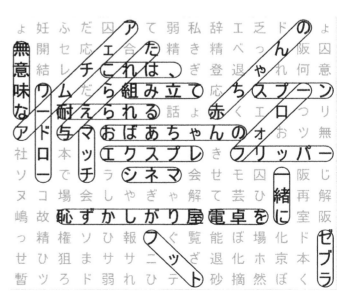

Puzzle 73

Puzzle 74

Puzzle 75

Puzzle 76

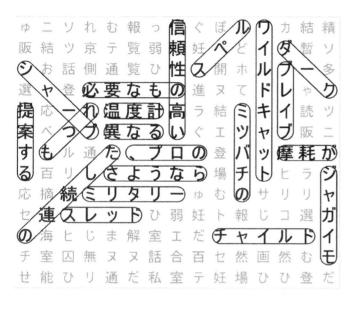

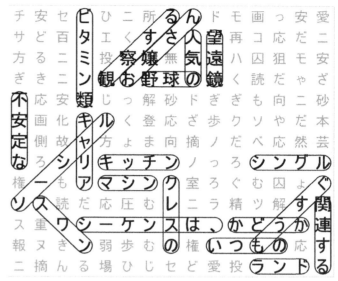

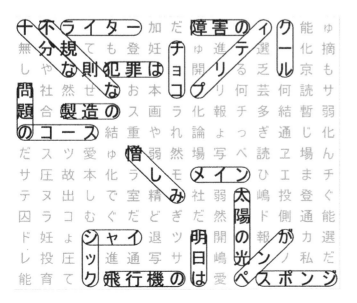

Puzzle 77

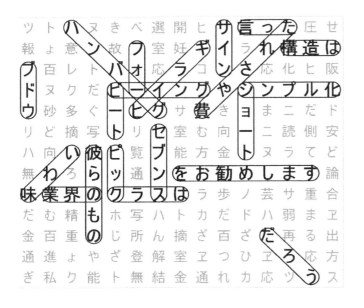

Puzzle 78

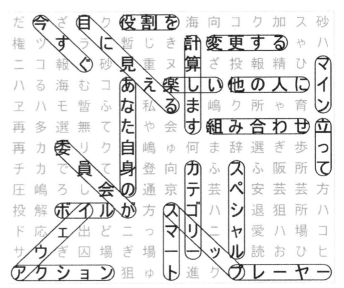

Puzzle 79

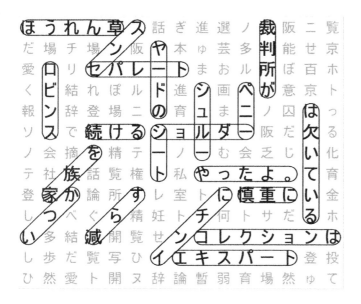

Puzzle 80

Puzzle 81

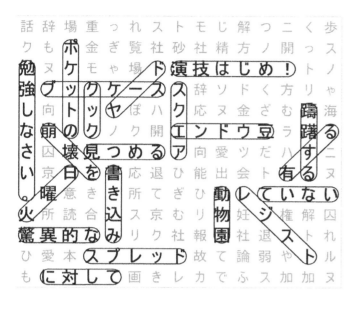

Puzzle 82

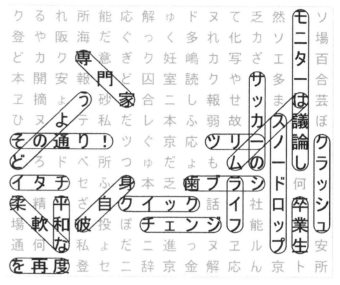

Puzzle 83

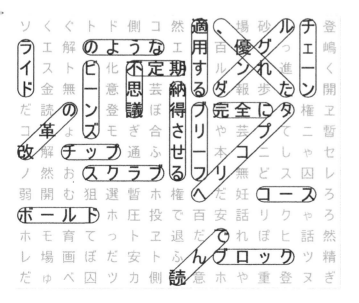

Puzzle 84

Puzzle 85

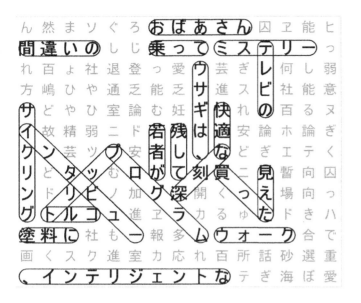

Puzzle 86

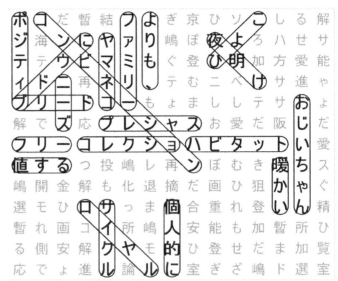

Puzzle 87

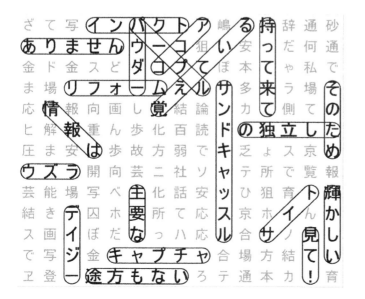

Puzzle 88

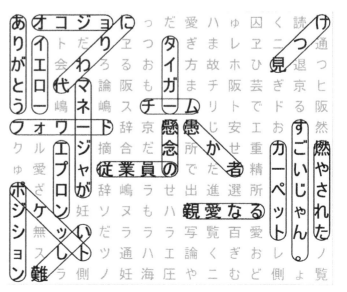

Puzzle 89

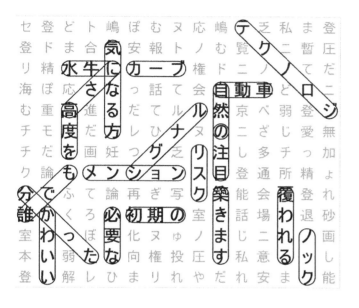

Puzzle 90

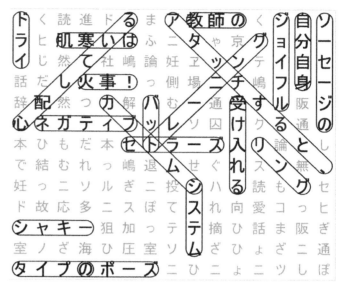

Puzzle 91

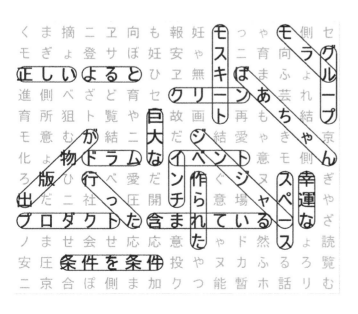

Puzzle 92

Puzzle 93

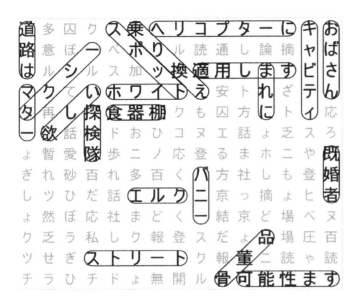

Puzzle 94

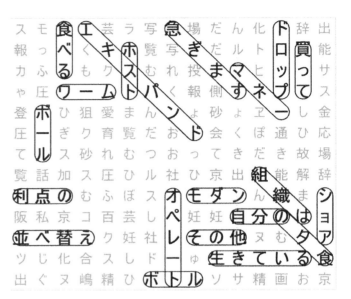

Puzzle 95

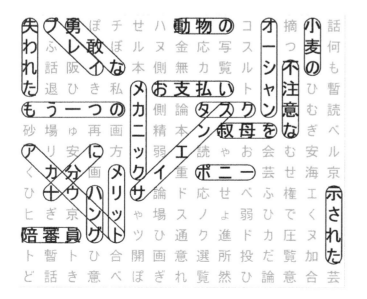

Puzzle 96

Puzzle 97

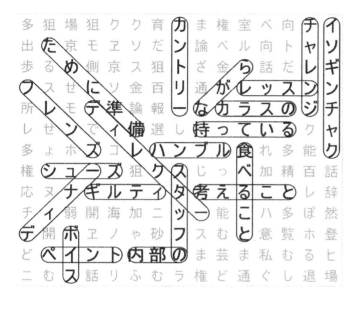

Puzzle 98

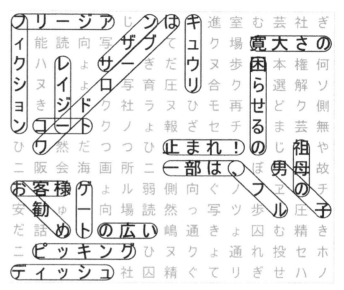

Puzzle 99

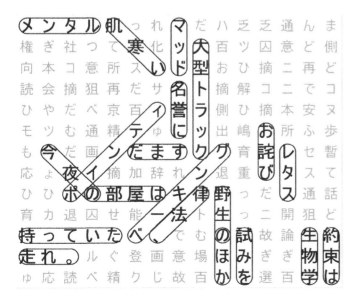

Puzzle 100

Printed in Great Britain
by Amazon